SHANGHAI LITERATURE & ART PUBLISHING GROUP

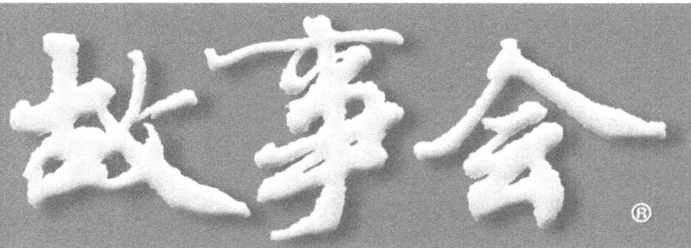

故事会
精品系列

金点子故事

上海锦绣文章出版社
上海故事会文化传媒有限公司

上海文艺出版（集团）有限公司

图书在版编目 (CIP) 数据

金点子故事 《故事会》编辑部编 – 上海：上海锦绣文章出版社
（故事会精品系列） ISBN 978-7-5452-0264-9

Ⅰ．①金...Ⅱ．①故...Ⅲ．①故事 作品集 中国 当代 Ⅳ .I247.8

中国版本图书馆 CIP 数据核字 (2009) 第 028890 号

丛 书 名：故事会精品系列

书 名：金点子故事

主 编：何承伟

编 委：何承伟 吴 伦 姚自豪 夏一鸣

责任编辑：刘迎曦 鲍 放

装帧设计：王 伟

责任督印：张 凯

出 版： 上海锦绣文章出版社

上海故事会文化传媒有限公司

POD 海外发行： 中国图书进出口上海公司

电话：021-36357888

传真：021-36357896

地址：上海市虹口区广中路 88 号

邮编：200083

海外 POD 发行版本

上海故事会文化传媒有限公司 出品 (00246) www.storychina.cn

STORIES

目　　录

随机应变

出奇制胜

以 守 为 攻

能识破别人而又能很好地掩饰自
己,这是睿智杰出的重要标志。

高　见

　　齐芳去县报社当实习记者,报到的第一天,社里便派记者于军带着齐芳一起去采访一个刚遭受过洪灾的村子。

　　齐芳和于军到了那里,村主任带着他俩去采访遇难者家属。

　　一路上,于军教导齐芳说:"当记者要有敏锐的眼光,要能看清事件后面的东西。譬如发洪水是一种灾难,但透过灾难,我们往往可以洞察人性。我今天就给你上一课。"

　　齐芳听了直点头。

　　正说着话时,他们看到一个妇女在呼天抢地地号哭,两个人立即上前询问。那妇女哭诉道,洪水来时,她领着儿子、女儿正向山上跑,洪峰扑过来,她只来得及救起儿子,女儿却被洪水卷走了……

于军悄悄地对齐芳说:"你看,从这件事,我们就可以看出她的骨子里是重男轻女的。"

齐芳似懂非懂地点了点头,村主任在一旁听着,没说话。

他们遇到的第二个人是个小伙子,小伙子流着泪告诉他们,他只救出了他的妻子,而他的母亲却被大水卷走了。

于军听了,又悄声告诉齐芳:"你看,这就是典型的不孝子,他的眼里只有妻子,没有母亲。"

齐芳眨巴着眼睛,没说话,村主任则盯着于军,目光中有了一种不满的成分。

最后,村主任把他俩带到一个神态痴呆的中年人面前,无论于军怎么提问,那中年人就是不说话,只是双眼愣愣地望着前方发呆。村主任告诉他们,这个人的妻子和儿子全在这次洪水中丧生了。

于军又对齐芳说:"你看,这个人是个胆小鬼,洪水来的时候,只顾自己逃生……"

于军一边说,一边回过头来,只见村主任正怒视着自己,他忙冲村主任笑笑:"村主任,是不是我的话不对?"

村主任说:"哪里哪里,高见呀高见!"

于军一听,不由更加得意。

正在这当口,斜刺里冲出一条狼狗来,"汪"地一声大叫,直朝于军扑过来,于军吓得左躲右闪,但左大腿还是被狼狗咬了一口。村主任上前大声吆喝,好不容易才将那条狼狗赶走,而于军的大腿上已经鲜血淋漓。

村主任扶着龇牙咧嘴的于军,责备道:"于记者,你也太不小心了,怎么不把你的左腿躲开呢?"

于军正痛着,听了村主任的责备,顿时来了火气,不由叫道:"我不是在躲吗? 刚刚闪开右腿,左腿就被它咬了。"

村主任不慌不忙地说:"你这人也真是的,只知道爱惜右腿,而不爱惜左腿,你干吗不把左腿也闪开呢?"

于军气坏了,想不到自己挨了咬,村主任不但不同情,反而说起风凉话来。他冲村主任吼了起来:"你可真会说话,我闪得开吗?那狗冲过来那么急,我哪来得及考虑是躲开左腿还是右腿!"

村主任点了点头,沉下脸,说:"是呀,灾难总是猝不及防的。你刚才遇到的那三个人,跟你现在的遭遇也是一样的,你不想被狗咬,难道他们想让洪水卷走亲人吗?你没有时间去想躲开哪条腿,他们呢,也没有时间去想救哪个亲人呀!"

齐芳在一旁听了,忍不住竖起大拇指道:"村主任的话,真是高见!"

齐芳的话音刚落,刚才被轰走的那条狼狗又出现了,直朝这边扑过来。村主任忙站起来,直摇着手说:"什么高见?不!不!狗屁!纯属狗屁!"说来也怪,就在村主任摇手说话间,那条狼狗转过身,夹着尾巴跑掉了。

傍晚的时候,于军因为受了伤,回不了县城,只得留宿在村里,村主任派一个村民送齐芳回报社。

路上,齐芳想起那条狼狗,便问村民。

那个村民笑了起来,说:"那条狼狗是村主任养的,村主任为了对付那些专来村里胡说八道、乱发指令的乡干部,花了老大的精力训练它。只要对它说声'高见',它就会扑过来咬人;只要对它说声'狗屁',它就会转身走开。今天可能是于记者也说了什么不该说的话吧,不然村主任怎么又'高见'了?"

齐芳听了,抿嘴儿一乐,什么话也没有说。

(方冠晴)

(题图:黄全昌)

教你一招

芳龄二十三岁的王艳，应聘到一家私营企业担任电脑打字员，出乎意料的是，她一上班就受到老板的格外关照。

老板姓钱，四十多岁，他之所以特别关照王艳，并非爱才，而是爱貌。钱老板虽然家有老婆孩子，但却馋猫似的死死缠住王艳，死皮赖脸地要王艳做他的情人。

王艳被弄得终日不得安宁，真想狠狠掴他两个耳光，可人家是老板，得罪不起。最后没办法，王艳只得跳槽去另一家公司谋了个差使。

王艳以为甩开了钱老板，这下可以清静了，谁知没过几天，钱老板居然又打来电话，开口就是那些让王艳起鸡皮疙瘩的话。

王艳一气之下，便不客气地说："钱老板，我现在工作很忙，请你别再打电话来了!"说完,就把电话挂了。

可是钱老板不但不听劝告,反而变本加厉,一天打好几个骚扰电话不说,还厚颜无耻地对接电话的人说,他是王艳的男朋友。这一来,同事们议论纷纷,害得王艳一听到电话铃响就心惊肉跳。

这事很快传到总经理的耳朵里,总经理把王艳叫到办公室,问她是怎么回事,王艳便把事情原原本本说了一遍,说着说着就忍不住哭了起来。

总经理安慰了王艳一番,说:"你不用哭,也不用着急,我教你个办法,一定能摆脱他。"

王艳摇摇头:"不,这个人脸皮很厚,我什么办法都试了,没用的。"

总经理笑了:"我教你的是个绝招。"他说着,递给王艳一个信封,"办法在里边,你照此行事,一定管用。"

王艳谢过总经理,回来后打开信封,细细地看了又看,想了又想,最后决定试一试。

没过几天,钱老板的骚扰电话又来了,王艳说:"钱老板呀,我以为你失踪了,正想给你打电话呢!"

钱老板一听心花怒放:"是吗? 真对不起,这几天我忙得晕头转向,没给你打电话,你有要紧的事吗?"

王艳立即按照总经理教她的办法,抛出了一颗重磅炮弹:"钱老板,我不想再在这里干下去了,打算自己开个店,但又缺少资金,所以就想到你,请你支持,借点钱给我行吗?"

一听借钱,钱老板心里立刻打了个"咯噔",他明白,这钱借出去可就是肉包子打狗——有去无回了,于是便吞吞吐吐地说:"钱,你要借……借多少?"

"不多,先给六万吧。"

好家伙,一开口就要六万,还是"先给",钱老板吓得头皮发麻,忙说:"唉呀,我手头一下子拿不出这么多呀!"

王艳步步紧逼:"那先给五万也行!"

"让我想一想,过两天给你回音。"钱老板说完,赶紧挂断了电话。

王艳笑弯了腰。

你别说,这一招还真灵,从此以后,钱老板再也没给王艳打过电话。

时隔半月,王艳买了一束鲜花,来到总经理办公室,表示感谢。王艳问道:"总经理,你那办法真灵,你是怎么想到这个绝招的?"

总经理笑了:"前些年,也曾经有女人向我借过钱……"

(作者:姜铁军;讲述者:吴文昶)

(题图:箭　中)

黄缎子

一帮子大学校友聚会,酒桌上的那个热乎劲就甭提了。酒过三巡,有人就提议:每人扯一个"黄段子",说得大家叫好就算过,说得不好罚酒一杯。

说起黄段子,那可是如今酒桌上的看家菜,那些走南闯北的"老江湖",眼见有了用武之地,谁也不甘落后,一时间,五颜六色的笑话、七荤八素的故事全出来了,而且一个比一个来劲。

几个女校友坐不住了,一个个脸涨得通红,留也不是、走也不是,表情十分尴尬。

这时,林老师站了起来,说:"我也给大伙讲一个吧。"

大伙想不到温文尔雅的林老师讲起黄段子也是说来就来,不由得兴奋异常,"噼里啪啦"鼓起了掌。

林老师清了清嗓子,慢慢讲了起来:

"从前有一个丞相,很会讨皇上喜欢,皇上没事的时候,总喜欢找他喝酒解闷。这年的中秋之夜,丞相和他的七八房妻妾在后花园摆了宴席,饮酒赏月。美酒佳肴一字儿排开之后,一位小妾突然发现院门口的缎子屏风不知被谁捅了一个窟窿。你想,这多影响情调呀!

"丞相闻听此事,忙吩咐管家立刻去买块新的换上。管家还没走,女人们却吵开了,唧唧喳喳就像一群小麻雀,有的说换红色的,有的说换绿色的……

"这时,丞相最宠爱的小妾开了口:'哎哟,什么红的绿的,俗都俗死了。依我看,黄的最好,这种颜色的缎子,月儿蒙蒙眬眬地一照,再配上花园里的绿树红果,别提多好看了! 老爷,你说对不对?'她这么一说,在场的管家佣人都一起附和:'对,对,黄的好看,黄的好看。'丞相被女人们吵得烦心,一听大家都说好,就说:'好吧好吧,快去快去,扯一匹最好的黄缎子来!'

"黄颜色的绸缎很快买回来了,往屏风上一罩,别说,还真显气派! 大家喜气洋洋,纷纷落座。正猜拳行令、饮酒作歌之际,忽听前院有人大喊:'皇上驾到——'丞相一听,那个乐呀! 你想,中秋之夜,月圆景美,皇上不在后宫赏月,到他这儿来,该是何等的荣耀!

"大家在花园里落座,这时月亮升到了半空,又圆又亮,正好照在后花园的屏风上,刚扯来的新绸缎吐着金灿灿的光,鲜亮夺目。众人正看得入迷,哪知皇上突然龙颜大变,哼了一声,大袖一挥,扭头就回去了。

"这下子可把丞相吓坏了,皇上好好的怎么突然就扭头走了呢? 他琢磨着,目光就落在了刚买来的黄绸缎上。丞相猛地明白过来:黄色历来为皇宫专用,今天真是被妻妾们吵昏了头,连这个规矩都忘了。想想伴君如伴虎,自己身居高位,皇上肯定有所猜忌,今天挂出黄缎子,这不是明摆着告诉别人自己想篡权夺位吗?那可是杀头之罪呀。

"想到这儿,丞相不由得冒出一身又一身冷汗,他越想越害怕,越害怕就越懊丧,越懊丧就越恼火。只听他对着一桌子人大吼一声:'你们这群混蛋,吃得好好的饭,偏要扯什么黄缎子!'"

林老师的故事到这里讲完了。

再看这几位侃爷,刚开始圆睁两眼,精神百倍,到最后才忽然明白过来,林老师这不是拐着弯儿骂他们吗?

他们这会儿酒也醒了,脸也白了,一个个面面相觑,哭笑不得。倒是几位女校友,笑逐颜开,齐声喝彩。

(郑 志)

(题图:魏忠善)

艺术女婿

李小毛最近结识了一个姓苗的姑娘，回去对父母一说，父母乐得眼睛都笑没了，他们拍着腰包对儿子说："该用的你就用，别让人家小瞧了咱们！"

李小毛好不得意，把父母这番话传给了苗姑娘，本想讨好，可苗姑娘家里却偏偏不吃这一套！尤其是苗大妈，立马就放出话来："家里有钱算什么，我要的女婿必须有品位，懂艺术，否则甭谈！"苗大妈自己爱画画，每天去老年大学上课，已经到了痴迷的程度。

苗姑娘把她妈的意思向李小毛一说，李小毛拍着大腿直嚷嚷："哎呀，烧香拜和尚——你是找对人了。不瞒你说，我从小就是搞艺术的，三十年的艺术熏陶，那是什么品位！"

苗姑娘一下子还真没看出来,不由问:"你搞什么艺术?"

"画画,画鸡蛋全班数我画得最圆!"

"真的?"苗姑娘惊喜地搂着李小毛就吻,"我妈就爱画画,每天都去老年大学上课,要不哪天上我们家,给我妈露一手?"

"没问题,保证让你妈眼睛一亮!"

可是,李小毛和苗姑娘分手后就后悔了,他压根就不懂美术,只不过是胡吹罢了,如今夸下海口,到时候怎么收场?

李小毛挠了半天脑瓜子,没办法,只能临时抱佛脚,上新华书店去买了一大摞关于学画的书。从此他大门不出、二门不迈,恶补画画。可头疼的是,看了半天书,啥门道也看不出来。

这天,他正抓耳挠腮着急哩,父母回来了。李小毛的父母都是菜场职工,最近为儿子的事也忙得脚打后脑勺。

一进门,母亲就说:"儿呀,你不是说苗姑娘她妈爱画画吗?我给你弄来一张画,你送过去,保准讨她喜欢。"

李小毛接过来一看,没看懂,画有些皱巴巴的,上面画的好像是几头驴,可细看又不像,不过,旁边倒是有"绿雾斋主"四个字的大红印章。

李小毛这几天没白读书,知道作画且落款盖印的,不会是一般人所为,于是决定把这张画送过去。

李小毛小心翼翼地把画收好,猛又想起一个问题来:画虽好,可苗大妈一旦问我好在哪里,我怎么说?到时候说砸了,不仅丢面子,还会丢媳妇,这可如何是好?

无奈之中,李小毛记起初中一块儿读书的王胖子,眼下王胖子正在文化宫画海报,何不找他帮忙想点子?

当天李小毛特地来到文化宫,和王胖子一见面,王胖子热情得不得了,拍着他的肩膀说:"这有啥愁的?我教你一套评论美术作品的行话,就算是达·芬奇和凡·高站在你面前,你照样能唬得他一愣一愣的!"

　　王胖子指着李小毛带来的那张画,说:"你看,像这种画,你根本不用管它像什么,你就说它这是集抽象派与印象派于一身,笔墨看似笨拙呆滞,实乃深入浅出,高手妙哉,可谓大俗大雅、大拙藏巧、大音希声……"

　　王胖子讲了一套又一套,李小毛记了一遍又一遍,最后,李小毛已经在心里把王胖子的这些话背了个滚瓜烂熟,一边背一边想:要知这样,我早成评论家了。

　　一切准备停当,李小毛决定登门去见丈母娘。

　　第一次上门,父母要他买些高级礼品送过去,李小毛眼一瞪:"俗不俗?你们以后少在我面前耍小市民气,我的艺术天赋都被你们给耽误掉了!"

　　父母互相看看,心说:八字还没一撇哩,儿子就被未来的丈母娘给"统战"过去了。

　　李小毛来到苗家,与苗大妈稍稍寒暄了几句,就小心翼翼地展开手里的画,一套一套地讲了起来。

　　这一招果然厉害,把个苗大妈听得一愣一愣的。到最后,苗大妈激动地一把搂住李小毛,连连喊道:"有水平,有水平啊,我们家的女婿就是你了!"

　　见妈点头了,苗姑娘也挺高兴,她把李小毛拉到闺房里,用手指着他的脑门说:"真没想到你不光是美术家,而且还是拍马高手。说,你从哪儿弄来我妈的这张画?"

　　李小毛一愣:"你妈的画?"

　　苗姑娘说:"你是真不知道还是假装的?那张画就是我妈画的呀!"

　　李小毛搞不懂:"那'绿雾斋主'的印章是怎么回事?你不是说你妈在老年大学学画吗?"

　　苗姑娘笑得肚子都痛了:"这绿雾斋主是老年大学校长给我妈起的画名。作家有笔名,画家也有画名,你能说出那么多道道,怎么连这都不懂? 我妈说了,下回让你带你自己的画来。"

李小毛一听,惊出一身冷汗:还要有下回啊?

回到家里,他冲着已经上床休息的妈就问:"你给我的那张画是从哪儿弄来的?"

他妈说:"哎呀,不瞒你说,有个老太,回回到我这儿来买菜总喜欢左挑右拣的,有时还耍赖说忘了带钱,硬塞给我一张画,非要与我换几根茄子、辣椒什么的。我看她年纪大了,也不去与她计较,这画白白丢掉总舍不得吧,于是就留下来了。怎么,你苗大妈喜欢? 我床下还有一大卷呢,她喜欢都给她!"

原来是这么回事!

李小毛听得两眼起泡泡,朝他妈吼了一声:"那就是苗大妈画的!"

"你说什么?"李小毛他妈闻听从床上蹦下来,指着李小毛的鼻子说,"就是那个买菜的老太? 小子你给我听着,咱打八辈子光棍也不和她结亲家! 吹,趁早吹! 你要是胆敢和她的闺女结婚,我就去跳楼,死给你看!"

李小毛哪肯死心? 好不容易找了个对象,再说与苗姑娘相处这些日子,也产生了感情,怎能轻易说吹就吹了呢? 可怎样让双方老人都能理解呢?

李小毛躺在床上想了一天一夜,看着床头那卷皱巴巴的画,忽然来了灵感:解铃还需系铃人,还是在画上打主意!

半个月后,李小毛再次来到苗姑娘家,将一张大红请柬毕恭毕敬地放到苗大妈手里。

苗大妈打开一看,上面一行小字:老有所乐,老有所为;中间一行烫金大字:绿雾斋主画展!

苗大妈迷迷惑惑地被李小毛请到文化宫,一进门,李小毛说:"大妈,这是我给您老搞的个人画展,请审查!"

苗大妈一看,惊喜异常,原来,她那些皱巴巴的画被装裱后挂在展厅里,显得那么亮堂。人要衣装,马要鞍装;三分画七分裱,果然不假!

这时,李小毛的妈手拿请柬,在苗姑娘的搀扶下也走过来了,一把搂住苗大妈说:"他婶子,你这么好的画,当初怎么舍得和我换葱换蒜啊? 我真是有眼无珠,没文化!"

苗大妈也异常兴奋:"没想到你这个卖菜的婆子,竟养了一个这么有艺术眼光的儿子! 哈哈,我的亲家母!"

一旁,李小毛和同学王胖子笑得直捂嘴……

（左　肩）

（**题图**：李　加）

我没有抢劫

　　这天夜里,唐胜利在外面打麻将回来,半路上肚子突然作怪,四下里找方便的地方,却不见厕所,好不容易找到一个公园,挑了一个隐蔽的地方,刚拉下裤子,就见前方有两个人互相依偎着走来,一个大腹便便,一个长发飘飘,显然是一对情侣。

　　唐胜利眼看他们离自己越来越近,急了,连忙喊道:"站住!"

　　那两个人哆嗦了一下,女的惊叫了一声,就扑进了那男人的怀里。

　　那男人稳了稳神,说:"这位兄弟,一定是最近手头有点紧是不是? 老哥我今天带的钱不多,这三千块钱你就拿去喝酒吧。哦,对了,还有这手机,才买没几天,也送给兄弟吧!"说着,他把钱和手机放到了地上。

唐胜利原来准备还要说一句"别过来",他光着腚正在方便呢,可一听那男人说话的声音,发现他竟是自己厂的花厂长,而那个女人,就是他车间里的质检员杨甜。花厂长天天在厂里嚷着要工人下岗,如果他唐胜利此刻一说话,花厂长认出是他,那麻烦可就大了,所以他硬是没敢吭声。

花厂长把东西放到地上,随即拉着杨甜慌不择路地跑了。

唐胜利又惊又喜,没想到拉屎竟拉出财运来了。可再一想,他不禁犯了愁:钱还好说,上面又没写字,怎么花都行,可这手机怎么处理呢?扔了吧,舍不得;留着吧,他哪买得起这种手机,还不露了馅?唐胜利想来想去,决定回去啥也不说,老婆那张嘴封不严,弄不好事情就会传出去。于是回家后,唐胜利把钱和手机都悄悄藏好,想等几天,如果没有风声,再想法子把手机低价卖掉。

第二天,唐胜利不动声色地去上班。中午在食堂吃饭时,一个工友悄悄对他说:"昨天晚上花厂长出事了,被人抢劫了三十万元公款,还有一只新买的手机。"

唐胜利的头"嗡"地涨大了:怎么是抢劫呢?明明是花厂长自己放在地上的嘛!再说,明明是三千块,他数过好几遍的,怎么变成了三十万?

食堂里好多工友都在议论,说花厂长昨天原本准备到南方去出差的,他从厂里领了三十万元公款,夜里走到火车站旁突然被人抢劫了,说得有鼻子有眼的。唐胜利一想:那个公园不正好就在火车站旁边?他觉得这事儿早晚会查到自己头上。唉,现在是跳进黄河也洗不清了!

整整一个下午,唐胜利都是晕头转向的,有一次差点让机器把手给轧了。好不容易盼到下班,回到家后,他背着老婆取出了花厂长的手机,装进口袋,想把手机偷偷扔了。

唐胜利刚要出门,老婆追过来堵住了他:"上哪呀?又去赌钱了是不是?"

唐胜利忙说:"我保证不是去打麻将,保证一会儿就回来,我发誓!"好不容易把老婆哄住,他这才慌慌张张地出了家门,把手机扔进一条偏静小巷的一个窨井里。

当天晚上,唐胜利心神不宁地上了床,因为心里有事,他在床上翻来覆去怎么都睡不着,刚迷迷糊糊有了点睡意,忽然被老婆一把推醒。

老婆很紧张地问他:"你咋了?你究竟是咋了?"

唐胜利揉着血红的眼睛说:"我……咋了?"

老婆说:"你刚才说梦话了!你说'我不是抢劫犯',说'我没有抢劫',喊得一栋楼都听得见!"

唐胜利一听,吓得冷汗直冒。

老婆抓着他的手,轻声细语地劝他说:"你有啥心事,说给我听听。我们是一家人,莫非你连我都信不过?"

唐胜利再也挺不住了,于是就把昨天夜里的事一五一十说了一遍。

没想到老婆"扑哧"一笑,说:"我告诉你,这钱跟手机,我昨天夜里就看到了,我还以为是你打麻将赢来的呢!你不是一直认为自己很聪明吗?这么点事就难住你了?"

唐胜利见老婆胸有成竹的样子,像抓住了救命稻草,忙说:"老婆,有啥办法?快教教我!"

老婆慢条斯理地说:"你以后还打不打麻将、赌不赌钱了?"

唐胜利赶紧赌咒发誓地说:"我保证不赌了,再赌我就是……"

老婆捂住他的嘴,说:"别赌咒了,往后赌不赌,这还要看你自己。嘿嘿,其实这件事嘛,要处理很简单,你到公安局去把事情讲清楚,不就行了?"

唐胜利有点泄气:"就这个办法呀?那我还不得在牢房里蹲

几年?"

老婆劝他:"你只是贪小便宜,又主动投案自首了,不会判刑的,你怕啥? 花厂长肯定是把那三十万元公款给吞了,我们能眼睁睁看着他把厂里的钱捞进自己腰包吗? 咱们厂子一年不如一年,都是他给弄的,你揭发了他,还立功了呢!"

唐胜利想了想,心一横,第二天一早,就和老婆一起去了公安局。

公安局本来就很重视这事,马上叫来花厂长和杨甜,把两人分开一问,没费多大力气就把事情弄了个水落石出,而扔在窨井里的那台手机,自然也成了一个实证。

其实,花厂长不但贪污、养情人,还喜好赌钱。前天晚上,他又输得一败涂地,欠下了三十万元的赌债,债主把一同跟去看热闹的杨甜扣押着,让花厂长第二天夜里拿钱来赎人。第二天,花厂长就以外出签合同为名,从厂里提了三十万元出来,哪知夜里他和债主交接的地点正巧就是在唐胜利方便的地方。花厂长误以为是遇上抢劫的了,赶紧把身上剩下的钱和手机都放到了地上,可回去后又心生一计,想假此把三十万元公款抵掉。但他根本没想到,他遇上的并不是真正的抢劫犯……

花厂长终于被撤职查办,而唐胜利因有重大立功表现,被免于处罚。

唐胜利回到厂里,工人们夹道欢迎,都说他是厂里的大功臣。唐胜利尴尬极了,苦笑着说:"要说功臣,我老婆才是真正的大功臣呢! 我今天当着大家的面发誓,往后我再也不赌了!"

(许一丰)

(题图:黄全昌)

你是我要感谢的人

阿玲是一名在校大学生，前不久，她和学长伟生相恋了。伟生信誓旦旦地说，他要爱阿玲到地老天荒，阿玲则死心塌地把自己的一切给了伟生。

可没多久，伟生就到英国留学去了。阿玲天真地天天翻着日历，算着伟生学成毕业回来的幸福一刻快快到来，可谁知最后盼来的却是伟生和一个英国女孩订婚的消息。

阿玲伤心欲绝！

这年放暑假，阿玲没有回农村老家，她想利用假期出外打工，一是为新学期挣点生活费，另一方面，也想借此机会尽量排遣自己心中的忧伤。她要应聘去一户人家，替他们做家务活。

这是一户有钱人家，住在一个环境幽雅的高档花园小区里。

阿玲按响门铃,一个四十多岁的女人来开的门,阿玲说她是来应聘的,女人便让她进了屋。

女人给阿玲端上茶,说:"姑娘,请坐,先喝口茶。"

阿玲道声谢,端起杯子,小口抿着。

女人打量着阿玲,脸上微微含着笑,忽然,她嘴里发出一声惊叹:"多么好看的戒指!"

阿玲抬起头来,发现女人的目光落在她手指上戴的那枚红宝石戒指上。

阿玲下意识地想把戴戒指的手藏到身后去,女人却说:"姑娘,这枚戒指能让我看看吗?"

阿玲当然不好意思拒绝,于是就把戒指从手指上取下来,递给女人。

女人把戒指拿在手里欣赏着,嘴里不住地发出"啧啧"的感叹声。然后,她将戒指还给阿玲,开玩笑地问道:"这么好看的戒指,一定是男朋友送的吧?"

一听到女人提男朋友,阿玲一下子就黯然神伤起来。

的确,这个戒指是伟生送给阿玲的,现在虽然伟生背叛了阿玲,但阿玲却一直忘不了那段令她心醉的日子,所以就仍然一直把它戴在手上。

可能是女人注意到了阿玲神情的变化,马上就住了口,转移话题和她谈起了关于招聘的事。送她出门的时候,女人说:"你明天就可以来上班了。以后,你就叫我兰姨吧。"

第二天,阿玲准时来到兰姨家,正式开始了她的打工生活。阿玲从小在家里就劳动惯了,所以洗衣、做饭、打扫卫生,样样事情都做得很像样。看得出,兰姨对阿玲非常满意。

一转眼,大半个月过去了。阿玲发现,这户人家平时就兰姨一个人,她很少出门,老呆在家里,看看书或者浇浇花什么的,据说,她丈夫是在国外经商的。而阿玲呢,因为家务活并不很多,有时候空闲下来实在没什么事可做的时候,她还是会忍不住地想起伟生,盯着手上的红宝石戒指出神。

这天,阿玲忙完活,一个人偷偷地在厨房里流泪。兰姨看到了,怜爱地说:"姑娘,如果我没猜错的话,你一定受过感情的创伤吧?"

阿玲点点头,长叹了口气,忍不住含着眼泪把伤心事对兰姨讲了。

兰姨听后,抓着阿玲的手安慰说:"振作点,姑娘,相信你的男朋友也许是一时糊涂,等他清醒了,一定还会来找你的。你如果信得过我,就把他叫来,我帮你开导开导他。"

阿玲抹去泪水,感激地看着兰姨。她多么希望能再见到伟生,两个人重归于好,但伟生能像兰姨说的那样,再回到自己身边吗?

然而,大大出乎阿玲的意料!过了没几天,阿玲竟接到伟生的电话。伟生在电话里先是向阿玲说了一些表示歉意的话,然后说他回国了,希望能见阿玲一面。

阿玲捧着手机,激动得一阵眩晕。

当天晚上,阿玲就和伟生在一家名叫"昔日重来"的咖啡屋里见面了。他们面对面坐着,伟生一脸愧色,把先前在电话里说过的话又对阿玲说了一遍。

阿玲却沉默着,时不时侧头瞥一眼咖啡屋的门口。她是在等兰姨,因为兰姨答应要帮阿玲的忙,好好教育伟生。

大约过了十来分钟,阿玲终于看见兰姨走进咖啡屋来,她高兴地向兰姨招手。可没想到,伟生看到兰姨,却是一脸的恐慌,阿玲觉得十分奇怪。

"你也认识兰姨?"阿玲惊讶极了。

这时候,兰姨已经走近了伟生,她冷冷地对伟生说:"年轻人,是到了你为自己的所作所为付出代价的时候了!"她话音刚落,突然从两边闪出两个警察,"喀嚓"一声给伟生的手腕套上了一副明晃晃的手铐。

阿玲惊得目瞪口呆。

事后,阿玲才知道:原来伟生当初也在兰姨家打过工,趁兰姨不注意,偷走了她家十万元现金和许多昂贵的首饰。后来,当警方确定伟生是作案嫌疑人的时候,伟生已经去了国外。巧的是,伟生给阿玲的那枚红宝石戒指,就是从兰姨家偷去的,所以兰姨一看到这枚戒指,就把阿玲的情况猜了个八九不离十,后来通过与阿玲的交谈,又知道了伟生更多的情况。而且更巧的是,伟生游走国外之地,竟是兰姨丈夫的经商之处,兰姨于是便让她丈夫进一步了解伟生在那儿的所作所为,并设计使他自投罗网。

兰姨对阿玲说:"姑娘,你是不是恨我,责怪我利用了你?"

阿玲摇摇头,坚决地说:"不,兰姨,我怎么会责怪你呢?我真的从心里感激你,是你救了我呀!"原来,阿玲从警方那里了解到,伟生这次回国来找阿玲,根本不是来向她道歉的,而是企图取得她的谅解,然后把她骗到国外去,贩卖给一个国际卖淫组织。阿玲做梦也没有想到,伟生在国外早已沦落为贩卖妇女的罪犯了。一想到这,阿玲就不寒而栗。

暑期结束时,阿玲恋恋不舍地从兰姨家告别。兰姨拿出那枚已物归原主的红宝石戒指,郑重地递给阿玲,说:"姑娘,兰姨把这枚戒指送给你留个纪念,希望你别忘了兰姨。"

这时,阿玲的感情再也无法控制,含着热泪,深情地说:"兰姨,谢谢你……"

（李澍声）

（题图：安玉民）

长大后干什么

这天中午，城建局的王局长开车去学校接儿子，到了学校门口，离放学还有十多分钟，他见校门旁有个擦鞋摊，便走了过去。

在摊上擦皮鞋的是个三十五六岁的中年妇女，见有客人过来，便热情地招呼，然后拿起鞋刷就动手擦了起来。

一只鞋刚擦好，学校的下课铃就响了，没一会儿，王局长的儿子就出来了，看到王局长，赶紧跑过来说："爸，今天考试了。"

王局长笑问："考得怎么样呀？"

儿子苦着脸，直摇头。

王局长一看，脸上的表情立刻严肃起来，一板一眼地说："儿子啊，你可要好好读书啊，否则以后考不上大学，你就要像这位阿姨一样，替人家擦皮鞋。"

话一出口,王局长觉得有些失言,好在那女人对王局长的话似乎并不很在意,照旧低着头擦她的鞋子,王局长这才松了口气。

鞋擦好后,王局长带着儿子上车。车行至半路,忽然他的手机响了,拿起一看,是个陌生号码,王局长接起,没好气地问:"谁呀?"

对方犹豫了一下,说:"你是王局长吧? 我就是刚才那个擦皮鞋的,你看看是不是丢了什么东西?"

经女人这一提醒,王局长才突然想起,他把皮包落在擦鞋摊上了。他的皮包里有两千块现金,几张发票,一盒名片,这些都不太重要,倒是包里的几张照片让王局长有些紧张,那是他和情人外出旅游拍的合影,今天刚刚拿到手,还没来得及藏起。这照片如果落到他人手里,后果不堪设想。

王局长于是立刻掉转车头往回赶。

那女人果然还在。

王局长让儿子在车里等着,他自个儿下车跑了过去,对女人说:"刚才是你给我打的电话吧? 你拾金不昧的精神值得我学习啊!"

那女人却不急着把皮包还给王局长,不紧不慢地说:"你先别忙着给我戴高帽子,我这拾金不昧是有条件的。"

王局长想:一个擦皮鞋的,不就是缺钱吗? 于是就说:"什么条件? 你说! 我给你两百块钱,你看行吗?"

女人摇摇头。

王局长急了:"给五百,可以了吧?"

女人还是摇头。

王局长心里打起了小鼓:莫非这女人想诈我? 于是一咬牙说:"那你到底要多少,我把包里的两千块钱都给你,这下总行了吧?"

女人"嘿嘿"冷笑一声，说："局长大人，我什么也不要，我要你为我擦一次皮鞋。"

女人见王局长犹豫，就说："不想干呀？那好，今晚我就把皮包送到你家里去，我认识你爱人，家长会上见过的。"

王局长一听，如同遭了个晴天霹雳。没办法，他一咬牙，妥协道："好，我给你擦！"他一边说，一边很不情愿地拿起了鞋刷。

王局长正汗流浃背地干着，一个背着书包的小女孩跑过来，她好奇地看看王局长，又看看女人，说："妈，这不是我们班王浩的爸爸吗？你怎么让他擦皮鞋呀，王浩说，他爸爸是局长呢！"

女人"扑哧"一声笑道："局长就不能擦皮鞋吗？孩子，我可告诉你，你成绩差点没关系，可一定要先好好学着做人，否则的话，你长大后就是当上了局长，也照样给人擦皮鞋。"

（詹有星）

（**题图**：魏忠善）

化 险 为 夷

> 不论什么人，倘若要活动，必须自信他的活动是重要的、有益的，他自己就是主宰一切的上帝。

聪明的阿比

　　从前,有个叫阿比的小孩,非常机灵可爱,大伙都亲昵地称他为"聪明的阿比"。

　　有一天,阿比的父亲不小心得罪了国王,被关进监狱。阿比急坏了,他不顾一切地撞进王宫,求国王放了他的父亲。

　　国王早就听说阿比是个机灵的小家伙,现在看到他为了父亲勇敢地来求情,心里便有了几分喜欢,心里的气也消了大半。他想亲自试试阿比有多聪明,于是故意板起面孔,一本正经地说:"你父亲冒犯了我,本王本想把他杀掉,这次看在你为他求情的分上,就饶他一死。这样吧,明天我把他关在一个地方,要是你能把他救出来,我就放了他。"

　　"真的?"阿比高兴得跳了起来。

第二天,国王把阿比的父亲关在一座高塔顶上,随后下令关上塔门,搬走外面所有的梯子。阿比抬头仰望高耸的塔顶,手抚光滑的塔壁,拼命地开动起脑筋来。他围着高塔转啊转啊,突然一拍脑袋,撒腿就跑开了。

不一会儿,阿比捉来一只大甲虫,弄来一些黄油,又借来一团细线和一大捆麻绳。他先在大甲虫的头上涂上一层厚厚的黄油,接着又用细线在大甲虫身上打了一个结,然后他把大甲虫头朝上放在塔壁上。他心想:大甲虫会爬壁,又喜欢吃黄油,嗅着黄油的香味,以为黄油就在前面的一个地方,一定会沿着塔壁一直朝上爬。

果然,事情就如阿比所预料的那样,大甲虫飞快地沿着塔壁向上爬啊爬啊,终于爬到了塔顶。阿比的父亲一把拽住大甲虫,他一看大甲虫身上拖着的这根细线,就明白儿子动的什么脑筋了。

塔太高,塔上说话,塔下根本听不见,阿比的父亲便使劲朝塔下晃动大甲虫身上的这根细线。站在塔下的阿比顿时领悟了父亲的意思,这是告诉他,这根细线已经紧紧捏在父亲手里哩!阿比立即把麻绳与细线的这一端紧紧系在一起,塔上父亲一收细线,就把麻绳给带了上去。父亲把麻绳的一端固定在塔顶,随后就顺着绳索慢慢往下滑,滑呀滑呀,终于滑到了地面。

父亲从塔顶上下来了,阿比一头扑进了父亲的怀里。

国王情不自禁地伸出大拇指,啧啧称赞阿比又勇敢又聪明。他信守诺言,立即放了阿比的父亲,而且从此,他和这个可爱的孩子成了好朋友。

(江 水 编译)

(题图:李 加)

微小的祈求

从前，一个王国有着一项很特别的习俗，任何人在国王的宴席上都不可以翻动菜肴，而只能吃上面的那部分。

一次，一个外国的使臣来到这个国家，国王非常高兴地设宴招待这个使臣。

宴会开始了，侍者端上来一条盖着香料的鱼。这个使者不知道习俗，就把鱼翻了过来。

大臣们看见了，齐声喊道："陛下，您遭到了侮辱！在您以前，从没有一个国王遭受过这样的侮辱，您必须立即处死他！"

国王叹了口气，对使臣说："你听见了吗？如果我不处死你，我就会受到臣民的嘲笑。不过，看在贵国和我国的友好关系上，你在临死前可以向我请求一件事，我一定应允。"

　　使臣想了想,说:"既然是这样,我也没有办法。我就向您提一个微小的祈求吧。"

　　国王说:"好,除了给你生命,什么要求,我都能满足。"

　　于是使臣说:"我希望在我死之前,让每一个看见我翻转那条鱼的人都被挖去双眼。"

　　国王大吃一惊,连忙以上帝的名义发誓说,自己其实什么也没看见,只不过听信了别人的话。

　　在一旁的王后也为自己开脱:"仁慈的圣母在上,我可是什么也没看见啊。"

　　大臣们面面相觑,然后一个个站起来,指天画地发誓说,自己也是什么都没看见,因此不应该被挖去双眼。

　　这时候,使臣得意地笑了起来:"既然没有人看见过我翻动那条鱼,那就让我们继续吃饭吧!"

　　使臣凭借自己的智慧回到了故土。

(熊金花　供稿)

(题图:杨宏富)

巧　谏

三国的时候,刘备手下有一位叫简雍的大臣,生性聪明机警,深得刘备赏识。

当时,酿酒是政府的一项重要财政收入,但是蜀地民间酿酒之风历来十分盛行,刘备入川不久就发布了不准民间私自酿酒的禁令,违者杀头。

法令公布后,刘备很不放心,他要亲自调查一下,于是决定带简雍到各地巡查一番。

临行前,刘备突然想起一件事,笑着对简雍说:"我可不想让你新婚燕尔就夫妻分离,把你的夫人也带上吧。"

简雍闻言,忙不迭地叩头谢恩。原来,简雍新娶了一位夫人,年轻美貌,简雍十分喜爱,若是把夫人独自留在家中,还真舍不得,既然主公特许带在身边,国事、家事两不误,这不是天大的好事吗?

巡行的大队人马刚出成都,就有当地官员迎候在刘备车前,报称抓住了私自酿酒的罪犯,恭请主公明断。刘备大怒,喝令将罪犯带上来,那官员答应一声,转身离去。刘备下车,早有侍卫备好座椅,伺候刘备坐下,不一会儿,一阵镣铐声响过,一个身着土布衣裳的人跪在刘备面前。

此人叫顾成,是当地的一个农夫,向来以务农为生,前几天,却在他家中搜出了酿酒的全套器具,因而将他作为私自酿酒的疑犯抓了起来。

刘备目光逼视着顾成,厉声喝问:"你可知罪?"

众侍卫也齐声喝问助威。

顾成早已吓得面色苍白,身体哆哆嗦嗦的,半天才挤出几个字:"知……罪,小人……"

刘备一摆手道:"我有令在先,私自酿酒者斩。来呀!"

左右侍卫答应一声,上前几步,拖起了已瘫倒在地的顾成。

"慢!"一直站在刘备身后的简雍忽然大喝一声,众侍卫惊愕地停住了手。原来简雍看那顾成面貌忠厚,不像是奸诈之徒,而且又被吓得不轻,心中暗想:主公初据蜀地,人心未定,这顾成虽为平民百姓,但若杀错,只怕人心不服,我主江山不稳。

这么一想,简雍便招手叫来地方官,问道:"你如何认定顾成一定会酿酒呢?"

那官员道:"顾成务农为生,家中却藏有酿酒器具,此可疑者一;禁令发布之前,顾成曾酿酒私卖,此可疑者二;下官曾审问顾成,他神色惊慌,言语支吾,此可疑者三。有此三处可疑,下官断定顾成有罪。"

简雍还在沉思,刘备却已连声叫道:"有理,有理。像这等奸诈之徒,不杀何以立威?"

简雍慌忙快步近前道："主公，顾成就算该杀，但今日天色已晚，路上行人稀少，不如到明日白天，行人多了再杀，也好让百姓都知道主公法令严明。"

刘备听罢，觉得有些道理，就下令将顾成关押，待明日处斩。当晚，刘备一行人就在当地官衙安歇。

到了官衙，简雍悄悄将家人简平拉到一边，低声吩咐他去顾成街坊家查访，简平便领命而去。

当晚，简雍陪刘备用罢晚膳，又谈了一会政事，快半夜时才回房休息。

简雍刚回房，简平就急匆匆闯了进来，气喘吁吁地将查访的结果一五一十地讲给简雍听。

原来，那顾成自幼学会了酿酒技艺，以前私酒盛行，顾成也置办了一套酿酒器具，酿了酒自己喝，酿得多了，就卖些钱贴补家用。刘备的禁令一发布，老实巴交的顾成不敢卖酒了，但他也没舍得将器具砸了，没想到被官府搜出来，落得个黄泥巴掉进裤裆里——不是屎也是屎！

简平说完后就退了出去。简雍在屋内来回踱步，他想：顾成虽有过错，但罪不至死。但简雍跟随刘备多年，深知刘备个性，他所决定的事，往往不易劝回来，如何劝谏，确是个难题。

简雍正想着，门忽地开了，丫环翠喜惊慌地跑进来，口里叫着："老爷，夫人生气了，要亲自来兴师问罪呢！"

简雍还没来得及答话，新夫人就气呼呼地走了进来，她白了简雍一眼，撅着小嘴说："老爷，这么晚了还不回房安歇，莫非嫌弃妾身了？"

简雍忙道："哪里，哪里，夫人美貌如花，温柔似水，简雍疼还疼不过来，怎敢嫌弃呢？"

夫人调皮地一笑道："既然不是嫌弃妾身，那莫非是……是……老爷的身子不济了？"夫人说着，脸立时桃花般地红了起来,害羞地转过脸去。

简雍知道夫人说的是男女之事,他先是有点尴尬地一笑,接着一怔,随即一拍桌子叫道:"好,有了!"

夫人吃了一惊,怔怔地望着简雍。

简雍笑着拍拍夫人的肩膀说:"夫人,待明日我自会向你解释。"说完,他回头叫道:"翠喜,把简平叫来!"

第二天一大早,当地百姓潮水般地汇聚到官衙前,刘备脸色铁青,吩咐侍卫将顾成带上来。

两名侍卫将瘫成一团的顾成像提小鸡似的拖来,扔在地上。

正在这时,简雍抢步上前,向远处一指:"主公请看……"

刘备顺着简雍所指的方向望去,只见在不远处的街道上,有一男一女正一前一后地向这边走来。

刘备看得莫名其妙,正待发问,忽听简雍大喝一声:"来人,将那男子拿下!"

左右答应一声,分开众人,向那男子扑去。不一会儿,那人就被绑到了衙前,他一边挣扎,一边叫屈。

刘备觉得奇怪,就问简雍:"你为何抓他?"

简雍答道:"这男子分明要强奸那女子。"

刘备惊问:"何以见得?"

简雍一本正经地答道:"这男子身上有奸淫的器具。"

刘备一怔,随即哈哈大笑,众人也笑了起来。刘备忍着笑说:"荒唐,荒唐,有那东西就会强奸吗?"

简雍从容答道:"当然,因为顾成正是藏有酿酒的器具,才被治罪的。"

刘备盯着简雍看了一会儿,微微一笑,说:"好你个简雍,你这是变着法给顾成说情啊!"

简雍深深一揖,正色道:"主公,臣与这顾成非亲非故,素不相识,臣实在是为主公的江山着想。臣昨日已派人打听明白……"当下,简雍命人将顾成的街坊带到衙前,将顾成的事一五一十讲了一遍,最后,简雍说:"这顾成虽然有错,但错不至死,还望主公明察。"

刘备恍然大悟,他看看简雍,又看看跪在地上的顾成,朗声说道:"我有令在先,私自酿酒者斩。今顾成虽藏有酒具,但并无其他违令之事,故对其从轻发落,酒具罚没,杖责二十,今后不可再犯。"

人群中爆发出一阵欢呼,顾成死里逃生,跪在地上口呼"青天"……

简雍回到房中,对夫人讲了这事,夫人抿嘴笑个不停,简雍也笑着说:"这件事,夫人立功不小,不过,功劳也有简平、翠喜的一份。"原来,那一男一女就是他俩装扮的。

（张　强）

（题图：黄全昌）

草原上的冬不拉

很久以前,有个可汗,极其凶残。

一次,可汗的儿子外出打猎,可是这一去竟石沉大海,杳无音讯。可汗又气又急,手里挥舞着皮鞭,对仆人们喝道:"你们要骑马走遍所有的地方,找回我的儿子!记住:谁没有尽力去找,我就要用皮鞭把他抽死;谁要是带回我儿子身遭不幸的消息,我就用滚烫的铅水浇他的喉咙。快去!"

可汗的皮鞭在空中"啪"地抽打了一下,仆人们惊得四处散去,纷纷翻身上马,到草原、大河和深山去找可汗的儿子。最后,仆人们在一棵枝叶茂密的大树下找到了他,只见他的胸膛已被撕开,显然是野兽扑倒了他,用锋利的爪子掏出了他的心脏。仆人们站在尸体旁,既难过又害怕:怎样把这个噩耗禀告可汗呢?

　　这时，老马夫出了个主意："我认识老牧人阿里，他虽然贫穷，但智慧和技艺没人比得上。我们可以问问他，说不定他能帮上忙。"于是，众人便跟着老马夫到了阿里的家。

　　阿里听老马夫说明了来意，答应帮忙，他拿来一些薄木板，一些风干的马筋，用刀雕刻起来……第二天一早，仆人们被音质圆润、曲调忧郁的乐器声惊醒了，只见阿里盘腿而坐，手里拿着一件谁都没有见过的乐器，细细的琴弦张在上面，阿里用手指拨弄着，弦上便"弹"出了如泣如诉的歌……

　　阿里说："现在我们可以去见可汗了。"一行人走进可汗的丝绸帐篷，担惊受怕的仆人们紧紧地畏缩在阿里的身后。

　　可汗高声问道："你给我带来我儿子的消息了？"

　　"是的，伟大的可汗。"阿里说着，就用自己夜里做的那个乐器演奏起来。琴声好像是在哀叹哭泣，又好像是在呼唤救援，随后仿佛传出了森林的诉怨、野兽的嚎叫……

　　在场的大臣们都明白了事情的真相，因为音乐把发生的一切叙述得一清二楚。

　　可汗显然也听明白了，他顿时暴跳起来，怒气冲冲地吼道："是你带来了我儿子死亡的消息，你可知道，我已经许下诺言，谁带回我儿子身遭不幸的消息，我就要用滚烫的铅水浇他的喉咙！"

　　阿里从容不迫地说："我什么也没有说过，如果你生气的话，就惩罚我做成的这件乐器吧，它叫'冬不拉'。"

　　可汗没话可说，暴怒之下，只好命令将滚烫的铅水泼在冬不拉上，而老牧人阿里却凭着自己的机智和手艺，救下了十几个仆人的性命。

　　从那时起，草原上便出现了一种叫冬不拉的新乐器，它的弦下有一个圆圆的洞，那是因为被铅水泼了的缘故。

（靳　波　改编）

（题图：箭　中）

别出心裁

　　李嫂是一家街办菜刀厂的工人，由于产品滞销，厂里发给每个工人二十把菜刀，声明抵一个月的工资，要得要，不要也得要。

　　一连领了相当于三个月工资的菜刀，家里财政吃紧，李嫂只得硬着头皮，上街摆摊卖菜刀。

　　她吆喝了半天，引来不少围观者，但都是摸一摸、问一问，没人掏钱买。直到下午，来了一个精明的女顾客，挑挑拣拣，磨了半天嘴皮，才薄利销了一把刀。

　　趁找钱的当儿，李嫂央求对方："要不再买一把，我照本给你。"

　　女人白她一眼，说："这东西能吃能喝？一把刀好用多少年哪，你以为我的钱没地方花，有一把了再买一把？"

李嫂鼓动她："我们厂生产的菜刀物美价廉,你可以当礼品送人呀。"

女人冷笑一声："送礼?哪有菜刀当礼品送的?你送刀,人家还以为你在暗示'一刀两断'、'两面三刀'、'笑里藏刀',亏你想得出!"

谁知李嫂遭了一顿抢白,非但没有生气,反而高兴起来。她三下两下收起摊子,兴冲冲奔到厂办公室,只见十几个工友或站或坐,正闹哄哄地围着厂长,扳着指头在为厂里的生产发展拿主意、找出路。李嫂赶紧插进去说:"厂长,咱把这菜刀打扮打扮,变成'送礼佳品'中不中?配上包装,盒上印一两句话,像什么'抽刀断水水更流'、'为朋友两肋插刀'的。"

有人立刻说好,还补充道:"'上刀山、下火海'、'刀子嘴、豆腐心',这样的话也成。"

一个老工人说:"礼盒设计成长方形,刀柄部位的空隙,放一块磨刀石,来个买一送一!"

大伙儿你一句、我一句,群情振奋,厂长于是表态说:"好吧,就听李嫂的,死马当成活马医呗!"

接下来,厂长组织包括李嫂在内的一批骨干,筹资金,跑印刷,联系包装。可事情刚有点眉目,李嫂却因为劳累,加上营养不良,病倒了。

半个月后,李嫂正在家休养,厂里来了几个姐妹,抢着告诉她:"厂里的产品销路不错,还接了几批订单,工资、奖金都有了。看,这是厂里送你的'送礼佳品'。"李嫂双手接过,见礼品包装精美,盒内装着一把锃亮的不锈钢刀,刀柄处还嵌着一块袖珍磨刀石,盒面印着一行遒劲洒脱的美术字:为你,心如刀割。

李嫂一下子就泪流满面。

（黄炳贞）

（题图：俞耀庭）

泼辣老婆可爱妻

黄喜权是单位食堂的负责人，大小也是个官，可在家里却啥事儿都得听老婆高翠花的。

高翠花是个身体强健、性格泼辣的女人，见过的人都说她打老公像斩肉一样轻松，骂老公更是比嗑瓜子还脆快。其实高翠花挺疼老公的，就是特别容易吃醋，又骂又打的时候，准是她怀疑老公在外面搞什么花头了。

这天，高翠花不知道从哪里听来的，说黄喜权最近和食堂里一个女的有"故事"，那女的每天上班什么活都不用干，就拿一千多块一个月，是黄喜权亲自安排的。高翠花听到这些哪里还坐得住，当天晚上就把那女的堵在了单位外面的胡同里。

高翠花一看，奇怪了：这女的看上去和自己差不多年龄。她原来还以为人家是个年轻姑娘呢！老公怎么会和这样的人有故事？不过情急之下，也顾不得细想了，没等对方弄明白她什么来历，她就拽住人家胳膊大吼起来："说，你是怎么勾引黄喜权的？"

那女的吃了一惊，脸一下红了，争辩道："我和他什么关系都没有！"高翠花脾气上来了，用胳膊搂住她的脖子使劲一勒，那女的立刻就喘不上气来了。女人见高翠花这么凶，怕她再动手，只好说了实情。

高翠花听完之后，气得把拳头攥得"咯咯"直响。临走，她教训那女人道："记住了，今晚的事不许跟任何人提起。你要说出去，我饶不了你。"

高翠花决定这次不蛮干了，她要用点心计，想了想，便把那女人说的话写在纸上，第二天一大早就给纪检委寄了去。

可过了好几天，也不见纪检委有什么动静。高翠花忍不住把这事跟一个要好的女伴说了，女伴不屑地说："作风问题算什么大事情？要贪污受贿，上面才管！"

高翠花眼珠子一瞪："要说这王八蛋不贪污受贿，打死我都不信。他工资也就两千来块，每月给那女人一千多，还给她买房子，不贪污受贿，他哪来这么多钱？"

女伴摇摇头，提醒她说："你说的虽然在理，可现在要讲证据。没有证据，人家反过来就可以告你个诬陷罪！"

高翠花一听，没声音了。可闷了一会儿，她眼珠子又瞪了出来："没证据我一样整治他！明天我就上他们单位闹去，非把事情搞明白不可！"

高翠花果然雷厉风行，第二天中午真的就闯进了黄喜权的单位食堂。黄喜权正在灶上，那女人就站在他身边，两人正聊着什么。高翠花一看这情景，就指着那女人骂开了："你真是不要脸啊，看上去也是一把年纪的人了，居然还出来勾引别人的老公，今天我非打死你不可！"

那女人一听，吓得一边往黄喜权身后躲，一边大叫："大妹子，我不是……"

高翠花冲到女人跟前，狠狠地说："你要敢再吭一声，我就撕烂了你这张嘴！"

眼瞅着高翠花的手就要挠到女人脸上去了，黄喜权一个大步蹿过来，抱着老婆就往外拽："误会了，你真的是误会啦！"

高翠花抡起巴掌抽了黄喜权一个大嘴巴，质问道："要是没花头，你为什么花这么多钱雇了这女人，却还要自己亲自上灶？"

黄喜权耷拉下脑袋不说话。

高翠花又气又急，大骂黄喜权是个废物，找情人都不找个年轻漂亮的。高翠花这句话看样子是伤了黄喜权的自尊了，只见他铁青着脸，挥起拳头就要冲过来打高翠花，这时候被闻讯赶来的办公室刘主任大声喝住了。

刘主任说："黄喜权！你想干什么？动手打老婆？你挺有本事啊！是不是不想往好处过了！你和女师傅是什么关系，今天就当着翠花和大伙的面说清楚！"

刘主任又把脸转向高翠花："弟妹，你先消消气，有话慢慢说。咱们先回办公室好不好？等会，我一定让黄喜权给你个说法。"

听了刘主任的话，又看看四周围上来的人，高翠花来劲了，一屁股坐在食堂的凳子上，说："我哪儿也不去，你让他当着大家的面把事情说清楚！"

黄喜权气得眼睛都快喷出火来了，他胳膊一抡："你非得自找没趣是不是？好！那我就告诉你，她是我丈母娘，咋地？"

听黄喜权这么说，刘主任和高翠花一时都懵了。好半天，高翠花才回过神来，大骂黄喜权不是人。可骂归骂，黄喜权真就这么说了，她高翠花似乎也没什么办法，只好悻悻地走了。

让黄喜权没想到的是，还没到下班的时候，纪检委的人就来了,并且要单独和他谈谈,让他好好交代作风问题。这下黄喜权慌了,没谈两句,就把事情真相一股脑儿地说了出来。

原来,食堂里的这个女的,真和他黄喜权没有一点关系,却是刘主任的"丈母娘",是刘主任新小蜜的妈。刘主任要提副局长了,上面要来考察,他安排这样的人事不方便,就让黄喜权出面替他办。刘主任给黄喜权打了包票,等自己当上副局长,一定不会亏待他,黄喜权当然不敢怠慢。

纪检委的人问他:"那刚才你老婆来闹的时候,你为啥不说真话?"

黄喜权低着头说:"刘主任问我'是不是不想往好处过了',他这分明是在点拨我,让我把责任担下来,可我那蠢老婆……"

纪检委的人站起来说:"我看你老婆一点都不蠢,倒是你,这种事情你担得下来?"

黄喜权叹了口气,低着头准备受处分,可没想到纪检委的人却只说让他回去写个检查,随后就走了,黄喜权不由松了口气。

谁知他下班走到厂门口的时候,听好多人都在说,刘主任因为被人举报贪污问题,已经被纪检委双规了。黄喜权暗自庆幸,自己只帮他做过一件事情,算是"陷得不深"吧!可一想到回家以后高翠花肯定不会饶过自己,他不觉又担心起来。

黄喜权磨蹭着回到家,一推开门,高翠花就一阵风似的猛扑上来,黄喜权往墙角一躲,准备听天由命了,可谁知,高翠花扑上来后不但没动拳脚,反而还抱住他猛一阵亲热。

黄喜权搞不懂老婆今晚搭错了哪根神经,小心翼翼地问道:"干吗这么高兴啊?"

高翠花哈哈一笑,说:"我的目的终于达到了,当然高兴啊!"

"目的?什么目的?"黄喜权听不懂她这话是什么意思。

高翠花于是就得意地说开了。原来,那天在小胡同里,女人早把事情的真相告诉了高翠花。女人以为告诉高翠花不关她老公的事,而且是她老公上司安排的,她就不会再去闹,这件事情也就能瞒下去了。没想到高翠花听了很生气,她想不到平时一本正经的刘主任,背地里干这种勾当不说,还让自己老公背黑锅,搞得自己做人也没面子,于是她就写信到纪检委去揭发。过了几天,看上面没动静,于是又心生一计,决定到黄喜权单位去闹一闹,用话激黄喜权说出事情真相,让大伙来给刘主任算一笔经济账。事情搞大了,不怕纪检委不来调查。

黄喜权听她这么一说,反问道:"你就不怕把我搭进去?"

高翠花指着他的额头说:"你还好意思说?我本来是想逼你当场把那家伙的事情说出来,好戴罪立功呢,没想你这个糊涂鬼硬要自己揽下来。当时我真想揍你一顿,可回头又担心别真把你给带去调查了。嗨,我告诉你,那个姓刘的已经被带走啦!"

黄喜权嘀咕着说:"人家刘主任平日又没得罪过你,干吗非要把他整下台?"

高翠花猛推了黄喜权一把:"你怎么还糊涂着?他贪污受贿就是缺德,这种人要不进监狱,咱们老百姓还有好?这种人要是再当上大官,咱们这个国家都得让他们给祸害了!再说了,跟啥人学啥人,跟着巫婆学跳神,我要是不把他整下台,你整天跟在他屁股后头,早晚有一天得跟他一块蹲监狱!"

黄喜权一听"蹲监狱",惊出一身冷汗,细一琢磨:老婆说的还真是那么回事,姓刘的现在让自己帮他养"丈母娘",今后当上局长,还不定让自己帮他做啥坏事哩!黄喜权突然觉得自己这个泼辣老婆可爱极了,不仅比自己明白道理,还挺有心计,倒是自己,只看到眼前的利益。

想到这里,他忍不住夸起老婆来:"人家都说:家有贤妻,男人不做横事。看来你这个'恶'老婆,才是我黄喜权的福星啊!"

(嘉　欣)

(题图:魏忠善)

巧 设 计 谋

从伟大的认知能力和无私的心情
结合之中,最易产生出智慧来。

怪病奇医

　　咸丰年间,河北沧州境内有位富商,名叫吕玉良。他曾在外籍做过一方知县,因为官清正,在当地名望甚高,但也因此得罪了不少人,终被陷害丢了官职。

　　吕玉良携妻儿返回故里后,继承祖业做起了商家。由于经营有方,所以买卖逐渐扩大,没出几年,他不但在本地有了十余家铺面,而且在外地也有生意。

　　就在春风得意之时,他却得了一个怪病,肚脐旁边生了一个毒疮,有馒头大小,到后来疼痛难忍,不能下床。为此,不知请了多少郎中,开了多少药方子,可病势却一天比一天严重起来。

　　府里有个叫张顺的老管家,他在吕府辈分最高,吕玉良是他从小看着长大的,平日里吕玉良总是称他为张伯,待他如亲人一般。如今吕玉良遭此大难,张顺真是看在眼里,痛在心上。

这天,张顺像往常一样到药铺为主人抓药,回来途中遇到一个郎中。看此人,生得奇丑无比,杂草似的络腮胡子长了一脸,两只眼睛就像刀割的一样,身上穿的一件粗布长衫,已是破得不能再破了,乍看上去就像是个要饭的。不过他手里的幡子倒是很讲究,红木的雕花幡杆,幡布四边绣着图案,中间写着十二个大字:赤脚走遍天下,药到自然病除。再听他口里的说词,更是狂妄至极:"小病杂病一概不医,专解疑难怪症。"惹得周围的人直翻他白眼。

张顺心想:此人敢说如此大话,想必有些道行。老爷现已行至鬼门关旁,不妨把他带回府中一试。想到这里,他便转步向那人追了上去,行至跟前先施一礼,然后道明了来意。

郎中用眼角瞥了瞥张顺,阴阳怪气道:"你这老头,怎么敢取笑于我?长了一个小疮,就说无法医治,真是岂有此理!"

张顺正待辩解,那郎中又开口问道:"喂,你说的吕玉良,是否当年做过知县、后又被撤职查办了的那个吕老爷?"

张顺答道:"正是。原来先生认识我家老爷?能否……"

还没等他把话说完,郎中便道:"好了,不要啰唆了,前头带路便是。"

张顺喜出望外,连忙带着他回府。

说话间两人到了吕府,一直进了里屋,只见床上正昏睡着一个人,不用问那便是吕玉良,吕夫人正坐在床前暗暗抹泪。

张顺走到跟前,对吕夫人低声说了几句,她这才注意到来人,便擦了擦泪水,起身说道:"有劳先生到此出诊,拜托了。"

郎中笑了笑,说:"有劳谈不上,我看病您掏钱,天经地义,夫人不必客气。"郎中解开吕玉良的上衣,探身看了看,只见毒疮已长到碗口大小,呈紫黑色。

此时吕玉良也醒了,郎中笑着问他:"吕老爷,多年不见,你可不怎么好哇！"

吕玉良用手揉了揉双眼，仔细打量了他一番，突然双眉紧锁，有气无力地说："你……你为何到此？"

"我是特来为你医病的。"郎中不冷不热地说道。

吕玉良顿时大惊失色，对家人大喊："我不要他医，让他走！"

这是怎么回事呢？

此郎中名叫许章，浙江人氏，医术倒是有些，但生性癫狂，在当地没人愿找他看病，他便离开故乡，四海为家了。吕玉良在外籍做知县时，有一天升堂，见堂下跪着两个人，其中一个便是许章，另一人告他胡乱用药、治残他人。原来许章给那人的父亲医病，吃了几天药，非但没有见好，反倒躺在床上起不来了。吕玉良派人去病人家中查得实情，的确如此，便判许章劳役一年，赔偿原告纹银三十两。许章不服，在堂上大吵大闹，被责打了五十大板，收入监牢。巧的是，就在许章入狱的第二天，吕玉良便被撤职回了老家。日月轮回，两人今朝又在此相逢，真是冤家路窄！

此时许章摇了摇头，道："吕老爷，这病治不治由你，我走便是。不过，你生的这种毒疮很罕见，没有我的祖传秘方，不出一个月你必死无疑，到时可不要后悔呀！"说完，转身就要往外走。

吕夫人闻言，慌忙道："先生留步。您不要听他胡言，既然来此，就请先生给诊治诊治吧。"

许章停住脚步，说："夫人，不是我不肯治，是他放不下架子。想当年我是他的阶下之囚，他怎肯让我医治。"

吕夫人一听，连忙劝丈夫道："老爷，这位先生不计前嫌，来为你看病，你也要大度一些，只要病好了，比什么都强……"

吕玉良看了看夫人，又看了看许章，他深知自己病情的严重性，事到如今，也只好听天由命了，于是便勉强点了点头。

这时，许章眯着眼睛笑了笑，说："病我可以给医好，不过……一定要依我三个条件。"

"哪三个条件?"吕夫人问道。

许章道:"第一,给我和吕老爷准备一个独院,除每日三餐叫人送来,平时不得前来打扰。"他冲着吕玉良笑了笑,又说道,"第二,就是吕老爷你,在我治病期间,一切都得听我的,不管我要你做什么,你都要照办。这第三嘛……每天要给我预备一坛上等的陈年花雕,没有酒我可不干。"

吕玉良听后苦笑了一下,低声说道:"我既然让你诊治,就不怕你要什么诡计,我答应便是,但是你一定要遵守诺言。"

许章答道:"放心,只要你听我的,我保你十日内痊愈。"

当晚许章就在吕府住了下来,次日清早,便和吕玉良搬到了后花园。吕夫人吩咐下人把庭院收拾妥当,又派人送去十坛花雕酒,然后,便都退了出来。

许章在园子里转了两圈,进得屋来,道:"吕老爷,你这地方的景致还算不错,正合我意。"他边说边拿起他那支幡子,"刷"把幡布给扯了下来,又在行囊里拿出一支枪头,插在了幡杆儿上。

吕玉良惊道:"许章,你想怎样?"

"你不必惊慌,我早晨爱耍几趟枪,以壮筋骨,别无他意。"许章说完,便走了出去。

一晃两天过去了,这两天吕夫人真是度日如年,更使她坐立不安的是,送饭的家人回来说,许章清早舞枪,白日喝酒睡觉,并没给老爷医治。夫人唤来张顺,让他到后花园去看个究竟。

张顺想了想,提醒道:"夫人,我们和他有那约法三章,不好反悔,我看不如再等两天,命家人日夜守候,料他也不敢胡来。"夫人听他讲得有理,这才点头应允。

第三天中午,家丁像往常一样到后花园送饭。

许章把饭菜一一摆在桌上,又斟上两碗酒,看着满桌的山珍海味,笑道:"真是美味佳肴啊,我要是天天能过上这种日子,也就知足喽。"

躺在床上的吕玉良看到他这副德行，心想：真是千不该万不该，不该答应他为我治病呀，他实际上是到我这里来骗吃骗喝的呀！唉，现在后悔也已晚了。想到这里，不禁长叹一声。

这时，许章笑眯眯地说："我说吕大老爷呀，你看这一桌的酒菜，我怎能独自享用呢？"他起身走到床前，又道，"来来来……我扶你起来，陪我喝两碗。"说着，就要动手来扶。

吕玉良怎会愿意，怒道："混账，我病成这样，你还让我喝酒？真是岂有此理！"

"这么说，你是不吃敬酒吃罚酒喽？"

"不管是敬的还是罚的，我一概不吃。"

许章突然把脸一沉："你别忘了，我们有那约法三章，你吃也得吃，不吃也得吃。"说着便到桌前拿过一碗酒，递到吕玉良嘴边，命令道："喝，全喝了它。"

吕玉良哪里肯喝，把头扭到了一边。许章拿出一条麻绳，二话没说把吕玉良的双手捆了个结实。

吕玉良没料他会如此无理，惊道："你……你这个狗东西，到底想要干什么？"

"干什么？你敬的也不吃，罚的也不吃，这回，我给你来个灌的，看你吃是不吃！"

"你敢？"

"你看我敢不敢！"许章说罢，一手捏住吕玉良的下巴，一手拿起那碗酒，"咕咚咕咚"真给他灌了下去。就这样连灌了三大碗，直把个吕老爷折腾得满脸通红，眼冒金星，不一会便昏然睡去。

待他醒来，却发现自己已在院中，上身赤裸着，手脚被绑在一张椅子上，还被一块麻布塞住了嘴。惊魂未定，忽然又看到水塘边的一块平石上，许章正"嚓嚓"地磨那条长枪，他心里不由

"咯噔"一下,知道大事不妙,便拼命地挣扎起来。

此时正是晌午时分,烈日当头,光是晒就够吕玉良受的,再加上他不停地挣扎,不一会便累得满身大汗、精疲力竭了。

许章知道吕玉良醒了,但看都不看他一眼,就像没有这个人似的。许章越是这样,吕玉良心里就越恐惧、越愤怒,怎奈手脚被捆,嘴也被堵着,跑也跑不掉,喊也喊不出,真是"哑巴吃黄连,有苦说不出"。

就这样持续了半个多时辰,许章才慢慢地站起身来,用手摸了摸枪头,阴笑道:"吕老爷,不好受吧?不过,比我挨你的那五十大板和一年劳役之苦可强多了。"然后,他把长枪往地上使劲一戳,又正色道:"我老实告诉你吧,为你治病是虚,找你算账是实,明年的今日就是你的祭日,拿命来吧……"言罢,举起长枪,一个箭步朝吕玉良冲了过来。

吕玉良心知自己已是性命难保,但出于本能,他还是使劲挣扎着。这时,只见许章脸上青筋暴绽、眼冒凶光,带着一股杀气冲到吕玉良跟前,眼看枪头快要插入吕玉良腹内,此刻,吕玉良心里的愤怒、恐惧、怨恨以及耻辱,都上升到了极点,但觉腹部一阵剧痛,那些感觉也随之爆发出来,随后便什么都不知道了。

吕玉良再次醒来,已是掌灯时分,夫人正在为他擦拭额头上的汗水,张顺也站在旁边。吕玉良微微动了一下身子,觉得腹部有些异样,伸手一摸,那毒疮竟然不复存在了。

他吃惊地望着夫人,刚要开口说话,这时,许章醉醺醺地走进屋来,笑道:"吕老爷,在阴曹地府里逛了一圈,感觉如何呀?"

吕玉良疑惑地问道:"你这闷葫芦里到底装的是什么药?我明明记得你一枪将我刺死,可怎么……"

许章打断他的话道:"话可不能乱说哟,我何时用枪刺你了?"言罢,放声大笑起来。

这时,张顺走到吕玉良床前,解释说:"老爷,这是许先生的一计呀！你这病是由内毒引发，只治其外是不行的。你喝的酒里，他已事先放有解毒药，借酒力把毒逼至患处，然后将你捆绑起来，用麻布堵住嘴，再假装用枪刺你，待你拼命挣扎时，因内力不能外泄，劲道便全都集中在丹田，就在长枪刺到的一刹那，毒疮便不攻自破了。此法真是妙哉！"

吕玉良闻言，惊得连话都说不出来，看着许章直发愣。

许章笑道："吕老爷，我能医好你的病，也是你当初做官时为百姓干了不少好事所积下的德呀。不过，我的那件案子，今日我还要说明一下，就在你判我入狱的第三天，告我那人便将我保了出来，并且翻了案。当时，他父亲瘫痪不起，是对药物一时适应不了而致，两天之后，他父亲便可下床走动，而且病势也已好转。但你不要误会，我只是想澄清一下，并无他意。"

许章说完，屋内一片寂静。

忽然，吕玉良忍住剧痛坐起来，叫夫人和张顺扶他下床，即刻就"扑通"一声跪倒在地，朝许章磕起头来……

（李　健）

（题图：黄全昌）

三个布娃娃

早些年,阆中城里的大户人家特别看重挑选长媳,一则是为了旺子孙,二则是为了续家风。俗话说:不是一家人,不进一家门。婆婆们各有各的喜好,各有各的打算,因而挑选长媳的方式也就各有各的花样。

其中最让人琢磨不透的,要数马夫人了。

马家有条众所周知的祖训:其他儿子都可以读书求功名或者经商做生意,唯有长子必须在读完书之后,娶本地女子为妻,接手家里的田产地业。所以那年,当马家大少爷规规矩矩地开始跟着马老太爷下乡去查田看地的时候,马夫人就在家里摆开了阵势,要替大少爷选个媳妇。

马家世代以耕读传家,在阆中城里是名声最响的望族,加上马家对媳妇的家世也只求清白不求显贵,因此选媳的消息一传出,城里城外的"红叶",也就是通常所说的媒婆,便都像赶集似的挤到了马家。

红叶们这么热心,不只是为了挣个大红包,更重要的是想挣个面子,按红叶行里不成文的规矩,谁能保成马家这个媒,谁就是阖中的头牌红叶。

这一回,红叶们在马家唧唧喳喳热闹了好几天,终于结束了第一轮争战,其中有五位红叶递上的五张庚帖,被马夫人看中收下了。从第二天开始,马夫人就要一家一家地走访,亲自上门从这五个姑娘中来挑选马家的长媳了。

马夫人第一个上门看的,是张家姑娘。她在张家门外下轿后,只带了一个小丫环进门。她和张家父母在客厅见面,只稍稍寒暄了两句,就从小丫环手里拿过一个锦盒递给张夫人,说:"这盒里装有三个布娃娃,烦请张小姐从中选出一个她觉得最好的。"

张夫人吩咐下人将锦盒送进小姐闺房。过了一会,下人捧了锦盒出来,笑吟吟地回马夫人道:"小姐夸夫人手巧,三个娃娃个个缝得好。"

马夫人听了,示意小丫环接过锦盒,然后对张家父母说:"小姐知书识礼,不愧出自官宦人家,只可惜不适合做我们马家的媳妇啊!"说完,便告辞出门。

之后,马夫人又接连看了三位姑娘,却不想这三位姑娘面对这锦盒里的三个布娃娃,说的竟都是和张小姐一样的话。马夫人心里长叹一声:这四位姑娘,要么是大家闺秀,要么是小家碧玉,她们尚且不能弄懂这三个布娃娃的奥妙,那么剩下的第五位罗姑娘,自己还要不要去看看呢?

据红叶介绍,罗姑娘是文成山上一户破落人家的村姑,当时马夫人就是因为听说罗姑娘父母早亡就独撑门户、生活拮据却还要坚持送两个弟弟读书的事情,禁不住动了恻隐之心,所以才接了这个庚帖。难道现在真要走几十里山路到乡下去看她吗?

正当马夫人左右为难的时候,那个介绍罗姑娘的机灵的红叶不失时机地来到了马夫人面前,她对马夫人说:"夫人,您老人家忙累了吧?"不等马夫人开腔,她又讨好道:"哎哟哟,夫人,可不敢劳烦您再东奔西跑的了。明天呀,我把罗姑娘给您领到府上来,任您老人家仔细看、慢慢问,行就留下,不行就退回去,要得?"

马夫人一听,连连点头:"要得,要得。"

于是第二天一大早,那个红叶就把罗姑娘带到了马府。

根据礼数,马夫人是要亲自到大门口去接的。只见罗姑娘亭亭地站在马家门口,看到马夫人来了,她不紧不慢、大大方方地向马夫人鞠躬请安。

马夫人道:"姑娘辛苦,这么早就到了?"

罗姑娘回答说:"一日之计在于晨,我们乡下人家习惯早起。"

这话说得不轻不重,马夫人一听,就看出姑娘是读过书的,心里不禁喜欢起来。她边领着罗姑娘往内堂走,边问:"听说你父亲也是中过秀才的?"

罗姑娘眼睛一红,忍着泪水说:"我九岁那年,东河发大水,先父母为救我们姐弟三人,不幸双双落水而亡。故此,家道中落,仅有几亩薄地维持生计。"

马夫人听在耳里,对罗姑娘又多了几分怜惜。到了内堂,喝过茶,她便让小丫环捧出锦盒,递给罗姑娘,让她从中挑出一个她认为是最好的。

罗姑娘打开一看,这三个布娃娃外形一模一样,都是三寸来长,眉目清秀,穿着鲜艳的绸衫,可爱至极,不由得暗自赞叹。看了一会,她拿起第一个捏了捏,软绵绵的,像是一团棉花;又拿起第二个捏了捏,也是软绵绵的,但发现在两耳之间却有一根小竹棍;再拿过第三个捏了捏,发现这个娃娃体内,有一根小竹棍,从左耳斜插入腹内。

她笑了笑,举起第三个娃娃,对马夫人说:"我觉得这个是最好的。"

马夫人眼见着罗姑娘的一举一动,本就越看越喜欢,此时又见她选对了娃娃,心里更觉得满意,忙笑着起身吩咐管家:"准备午饭。"

家丁、丫环和红叶,虽然看不懂马夫人和罗姑娘到底唱的哪出戏,但这一备午饭,就等于宣布罗姑娘已被马夫人相中,要成为马家少奶奶了,于是都纷纷上前道贺。马夫人也喜滋滋地照例分发红包,其中那个送罗姑娘庚贴的红叶,红包自然最大。

罗姑娘与马家大少爷成亲后,果然持家有方,处事有度,里里外外没有一个不服她的。几年以后,马夫人做主,把罗姑娘寄养在族叔家的两个弟弟也接到了马家。

大少爷问过少夫人许多次:那三个布娃娃到底有啥玄机?

少夫人先是笑而不答,后来拗不过大少爷,才把其中的奥妙告诉了他:"女人呀,不能两耳不听人言,也不能左耳进右耳出,要把听到的放在肚子里哟。"少夫人让大少爷一定不能把这个答案说出去,说要留着将来他们选儿媳妇的时候用呢!

后来,马家择媳一直离不开那三个布娃娃,传了多少辈,马家在阆中就旺了多少辈。

(何　晓)

(**题图**:黄全昌)

要命的祝愿

　　这天早晨刚刚上班,宏达房地产开发公司的会客室里就先后来了几位不速之客,他们全是来找总经理莫良新讨债的。

　　原来,宏达房地产开发公司这几年借着好风好雨,生意做得十分兴旺,可是公司总经理莫良新为人精明,他想积聚资金,再搞一次房地产开发,稳稳地赚上一笔,所以故意欠着客户的钱款不还。每当客户打电话来讨债,莫良新总是不紧不慢地在电话里这样说:"不就是欠你点水泥、砖头嘛,干吗追得这么急呀?我们不是长期合作、互惠互利吗?等着吧,欠款很快会划到你账户上的!"这些话软中带硬,言外之意是:盖楼用的水泥、砖头到处都有,不一定非买你的,你还得靠着我吃这碗饭呢!

　　后来,这类电话莫良新干脆不接,只让秘书随便应付几句了事。时间长了，那些客户只得找上门来。今天巧得很，全聚在一起啦！

也许是同病相怜，这些吃了闭门羹的讨债人互相诉起苦来，越说越气，禁不住义愤填膺，会客室里顿时就像开起了声讨会。宏达公司的职员自知理亏，早已识趣地溜到一边去了。

一个小伙子气愤地说："宏达公司欠咱们钱不还，咱们得想个办法治治莫良新，让他乖乖把钱交给咱们！"

众人齐声附和："对，是该想个办法啦！"

沉默了一会，还是那个小伙子开了腔："噢，有了！大家听听这个办法怎么样……"他诡秘地冲大家一笑，俯下身小声嘀咕起来，众人听了频频点头。

很快，这帮讨债人嘻嘻哈哈地站起身，春风满面地互相挥手告别，乐呵呵地走了，宏达公司里那些躲在一边看热闹的员工如坠雾里，莫名其妙……

其实，精明的莫良新早就提防着那些人会上门讨债，所以他每天来无踪、去无影，没有规律，用他的说法，这叫"游击战"。不过他一直用手机遥控指挥着，公司里有什么风吹草动，他很快就会知道，所以那些讨债的人一走，秘书小关便把"情报"密告了莫总。

莫总在电话里得意地哈哈大笑，然后驾着"桑塔纳"潇洒地回到了公司。

第二天是周日，莫良新兴致勃勃地带着妻儿出去游玩。中午，全家在一家豪华酒店用餐，酒店的大堂里悬挂着一架大屏幕电视机，莫良新一家一边享用着美味佳肴，一边饶有兴致地欣赏着《挚爱点歌》的电视节目。

这时，屏幕上女主持人正笑盈盈地问一位打进电话的观众："您好，请问您想点播哪首歌？"

电话里响起一位年轻男子的声音："我想点播一首《思念》。"

女主持人甜甜地微笑着,善解人意地提示说:"请问,您把这首歌送给谁?有什么要表达的吗?"

年轻男子说:"我想把这首歌送给宏达房地产开发公司的莫总经理。"

莫良新那宝贝儿子正在狼吞虎咽地大嚼着,听到这儿,他拎着一只鸡腿猛地从椅子上跳下来,用手指着屏幕兴奋地大叫:"是送给我爸爸的……"引得周围的人好奇地盯着他们看。

莫良新很有风度地朝周围那些看他的客人点头示意,心里美滋滋的。

电视里的女主持人再次提示:"您想对他说点什么吗?"

年轻男子的声音沉沉的:"我希望莫总尽快把欠我们公司的钱还上。就这些,谢谢!"

女主持人一听乐了:"啊,我们电视台成了'催款台'啦!"她幽默地说了一句,倒也嘴下留情,没说"讨债台"。

"哈哈——"餐厅里正在看电视的客人们全都笑了。

这会儿,莫总觉得有无数双眼睛在看着他,脸上火辣辣的,羞得恨不能找个地缝钻进去:"这是哪个缺德小子干的?"他再也没有心思吃饭了。

第二天,莫良新早早起床,驱车来到公司。

不知什么时候,秘书小关轻轻推开门,探头看了看莫良新,一副欲言又止、进退两难的样子。

莫良新看见了,招招手说:"小关,有什么事吗?"

小关吞吞吐吐地说:"莫总,有件事,我想跟您说说……是这样的,昨天晚上我听收音机……好像是经济台的一个《挚爱点歌》节目,不知谁给您点歌,还说……还说希望您尽快把欠他们公司的钱还上……"

莫良新神色漠然地打断了小关的话:"别说了,我知道!"

小关退出去了。

　　莫良新点上一支烟,狠狠地吸了一口,长长地吐出了一个个圆圈。一整天,他静静地呆在办公室里,哪儿也没去,连午饭都是小关送来的。这一天,莫总期待着那些讨债人来,但他们不但一个没来,甚至连个电话也没打。

　　莫良新坐不住了……

　　不久,那些讨债人所在的公司都收到了一张支票和一封真诚的道歉信,信的落款是:莫良新。

（韩香萍）

（**题图**:魏忠善）

不认识的丈夫

明月村养鸡专业户老秦这几天在外面办事,屋里只有他老婆柳青一个人当家。

这天下午,大约三点钟的时候,只听大门外一阵脚步声,一个高个子男人走进屋来。男人一边自我介绍是邻乡的养鸡专业户,叫袁坤,一边就大大咧咧地进了客厅,往沙发上一坐,两条腿往茶几上一搁,舒舒服服地伸了个懒腰。

柳青一听来人就是袁坤,不觉肃然起敬,因为袁坤的名声太响了,方圆几十里谁不知道?可看他进门这副样子,心里又有些将信将疑:都说袁坤为人和善,怎么会是这个样子?此人真是袁坤吗?

正在犹豫间,只见那个袁坤朝她挥挥手,说:"阿青呀,给我泡杯茶来，再来碗点心，我外面走得急，饿坏了。"

　　柳青一时不知如何应对，想想来者总是客，便喃喃应道："我这就去烧糖鸡蛋。"

　　袁坤摇摇头："我不吃鸡蛋，还是煮点面吧。"

　　柳青忍不住"扑哧"一下笑出声来，心想：此人若是真袁坤，倒也直率得很。反正烧点点心小事一桩，让他吃了再说，也不知道他上门到底有什么事。

　　只见那袁坤悠悠地品茶，慢慢地吃点心，不知不觉，时间已过了一个多小时。他看了看表，站起身来，柳青以为他准备走了，不料他却笑嘻嘻地对柳青说："时间不早了，阿青，你去拿套老秦的衣服来让我换一换，我要好好洗个澡。晚饭去搞一条鲜鱼来，再弄几只活蟹，烫一壶酒……"

　　"你……你说什么？"柳青惊得张大了嘴，涨红着脸，吃不准这个袁坤到底到她家来干什么，居然会说出这样的话来。"我老公不在家，你有什么事，还是以后再说吧！"趁天不晚，柳青要紧想打发这个袁坤走人。

　　袁坤却依然笑嘻嘻地盯着柳青："阿青，你是我老婆呀，我这点要求总不算过分吧？"

　　"你……你耍流氓！"平白无故进来一个陌生人，还要如此侮辱她，柳青心里真是又委屈又害怕，两行眼泪不由自主挂了下来。

　　袁坤一看，哈哈大笑："怎么，赖账了？这可是你自己亲口说的呀！今天上午，在农贸市场，你不是亲口对大家说，你是我袁坤的老婆？"

　　原来如此！柳青的脸顿时滚烫滚烫。天哪，这袁坤怎么会这么快就知道这件事了？唉，上午柳青说这话也是迫不得已呀！不知为什么，这几天在农贸市场，她家的鸡就是卖不出去，今天上午她喊得嗓子都哑了还是如此。情急之下，她心生一计，谎称自己卖的是养鸡状元袁坤家的鸡。有几个买家看看鸡,又看看她,有点疑惑地问她是谁,她脱口说自己是袁坤的老婆。这一招真灵,那些鸡很快便一销而空。

说出去的话,泼出去的水,现在人家袁坤上门算账来了,面红耳赤的柳青不知道该怎么办才好。

只见袁坤"哈哈"笑了一阵,这才正色告诉她,今天上午,他家先后来了三个人,都说买回去的鸡有问题,要来退货,还一口咬定是从他老婆手中买去的。袁坤仔细看了退回来的鸡,发现鸡确实有问题,所以寻根刨底地一路追问,终于找到了柳青家。袁坤生性幽默,喝茶、吃点心都是开玩笑的事,洗澡换衣服,实际上是打算换上男主人的干净衣服去鸡场实地看一看,免得自己这一路风尘,把脏衣服上的细菌带进鸡场。

话一说开,柳青真是又感动又不好意思。

这时,老秦也回来了,两个人张罗着让袁坤换了衣服,一起向鸡场走去。

一路上,袁坤开玩笑说:"阿青呀,老婆当不成就做朋友吧,科学养鸡,今后还要靠我们大家一起努力呀!"

柳青浑身火烧火燎,却又心服口服地连连点头……

(倪国萍)

(题图:黄全昌)

大钓活人

　　王二毛和老婆在小街上开了家专卖烟酒副食品的小店，生意不好不坏，混混日子而已。白天，老婆上班，王二毛一个人打理店面。

　　这天中午，王二毛正在门口捧着茶壶发呆，忽然发现门外有件东西在晃动，他抬头一看，只见从六楼阳台上垂下来一条线，线上拴个钓鱼钩，钩上挂个食品袋，袋里装着张十元的钞票，还有一张小纸条，上面写着：买一盒康师傅方便面。

　　王二毛觉得有趣，心想，这家伙自己懒得下楼，用这办法倒是省事呀。他笑了笑，便将钱收起，把一盒方便面和找零放进食品袋，挂到钓鱼钩上，然后轻轻拉了一下。鱼钩的主人挺聪明，知道"鱼"已上钩，便开始收线，食品袋也就徐徐升上去了。

　　事情过去,王二毛也没放在心里。可是第二天下午,楼上的鱼钩又下来了,这次要买一包带薄荷味的女士烟。第三天,又要买一盒话梅……

　　就这样,楼上的人天天用鱼钩把从王二毛店里买的东西钓上去。王二毛对鱼钩的主人产生了兴趣,从买的东西和字迹上,他感觉楼上的人一定是个女性,而且是个年轻的女性。

　　有一次,楼上的人买了一包口香糖,在收线的时候,吹来一阵风,鱼线一晃荡,缠在了三楼的阳台上,楼上那位怎么也拉不上去,后来大概急了,用力一拽,结果把线拽断了,口香糖也掉了下去。楼上人似乎来了气,又接了一截线,垂下鱼钩,纸条上写道:再来十包! 王二毛心想:这人好大脾气呀! 他包好口香糖,也加了张纸条,写道:你为什么不下来买呢?

　　东西上楼,一会儿扔下个纸团:关你屁事儿! 王二毛一缩脖,躲进店里去了。

　　到下一次买东西的时候,楼上人似乎觉得上次有些失礼,在纸条上写道:对不起,上次我心里烦,请别介意! 我不是不想下楼,而是无法下楼。王二毛写道:你为什么不能下楼呢? 楼上的人没回答。

　　这样过了几天,一个晚上,楼上人又放下鱼钩,除了要买东西,她还在纸条上潦草地写了几句:他不是人! 他是猪养的! 走在大街上让车撞死他!

　　王二毛有点摸不着头脑了,就在纸条上向楼上人:你说谁呢?

　　楼上人忙扔下个纸团解释:不是说你,你别误会,我实在太恨他了,又找不到人倾诉,就想对你说说。

　　王二毛也算个聪明人,心里已经有了七八分底,他暗自窃喜,觉得机会来了,忙在纸条上写道:好的,我很愿意听一听你的故事。

送上纸条后,一会儿鱼钩垂下来了,纸条上写道:我被一个男人包了,他很有钱,对我很好,但他不让我出门,怕我出去找其他男人。可今天我意外地发现,他竟然在外面还包了女人……

果然不出所料!王二毛心花怒放地赶紧在纸条上写:现在的男人就是自私,把别人关在房里不让出门,自己却找那么多女人,真是花心!

楼上女人对王二毛的话产生了共鸣:对啊,我最恨的就是花心的男人!好男人真少啊!

王二毛安慰她:天下好男人总是有的,你要懂得去寻找。

就这样,王二毛和楼上女人聊了好长时间,越聊越投机,双方都有相见恨晚的意思。现在的世界也真精彩,有电话聊天,有网上聊天,这又冒出个用钓鱼钩聊天,你说新鲜不新鲜?

日子一天天过去,王二毛觉得时机已经成熟,有必要采取行动了。这天晚上,王二毛趁楼上女人钓鱼钩下来的时机,传了张纸条上去:今天我十二万分想念你,很想很想见见你,请你一定要答应我,好吗?

楼上女人犹豫了一会儿,传下纸条说:这个不太合适吧?

王二毛急了:日久生情,我已经深深爱上了你,你难道一点也不喜欢我这个有责任心的男人吗?

他这一招果然奏效,女人同意了:可是,你怎么来呢?我家的门上了锁,别说大活人,就连条小毛虫也钻不进来!

这倒是,王二毛虽然猴急得要命,却没办法。

过了一会,楼上女人想出了个办法:这样吧,我这里有一个摇杆,我找一条结实的绳子系在摇杆上,把你钓上来好不好?

王二毛一听,乐了:把我也当鱼钓呀!他满口答应:我这里正好有一个大筐,我可以坐在大筐里。

这个办法够刺激的,王二毛虽然有些害怕,但想到楼上的女人,就忍不住决定冒险一试。虽然未看见过她,但王二毛想,她既然是被大款包下来的,肯定是个美女。

不过这个计划要等到夜深人静的时候才能进行,一来老婆这时睡觉了,二来路上没行人了,才好行动。王二毛和楼上女人约定了当天晚上行动。

到了夜里十二点半,王二毛悄悄打开门,冲楼上学了两声蛐蛐叫——这是他们约好的暗号。楼上女人立刻悄无声息地垂下一根粗粗的绳子,王二毛使劲拉了拉,绳子没问题,又朝四周看了看,没一个人,王二毛于是便把家里以前用来盛东西的大筐拿出来,系在绳子上。他的心"咚咚"跳着,坐进大筐,拉了拉绳子,楼上女人得到暗号,就摇动摇杆,绳子缓缓向楼上升起来。

二楼,三楼,四楼……就要见到大美女了,王二毛激动得脸都红了起来。

可大筐升到五楼和六楼中间时,忽然停了下来。王二毛心里一惊,忍不住抬头轻声说:"怎么了?"

楼上静悄悄的,没人说话。

王二毛急了:"喂,怎么了?快把我拉上去,呆会儿过来人了,让别人看到怎么办呀!"

可还是没动静,绳子还是一动不动的,王二毛有些害怕了。

这时,那个平常用来钓东西的鱼钩垂了下来,上面挂着一张纸,借着月光,王二毛认出了纸上写着的字:我最恨的就是花心的男人,你难道不知道吗? 今天夜里你就呆在这里吧,等明天光天化日众目睽睽之下,让你老婆把你这个负责的丈夫放下去吧!

啊? 王二毛的鼻血差点喷出来……

(芦宏伟)

(**题图**:刘斌昆)

我是人民代表

那天,鹿沟屯的村民刘玉春去采山,他费了好大的劲爬上长白中峰的半山腰,突然遇上大暴雨,便钻到一个山洞里去躲避。

谁知刚一脚跨进去,却见洞里有一个白发苍苍的老人,正坐在地上一个劲地咳嗽,他感到很惊诧:这人迹罕至的高山上,怎么会冒出这么一个古稀老人?他走上前想问个仔细,结果更让他吃惊,原来这老人竟是离开他们屯已经十来年的"神手爷"。

这神手爷姓常,是这一带有名的采山高手,他几乎每年都能采到别人很难采到的长白人参。他凭着这一手绝活,供出了两个大学生,儿子东北农大毕业进了乡政府工作,女儿师大毕业在乡中学任教。十年前,他年迈体弱爬不动山了,儿女们这才把他说动,接到镇上去住高楼享清福。可今天,他怎么独自一人又回来了,而且还爬到这不见人影的荒山野岭上来了呢?

刘玉春怕惊了老人,轻轻地唤了他一声:"常大爷!我是鹿沟屯的刘玉春,十年前咱还是前后院邻居呢。"

"噢,小春子……"老人又是一阵急急的咳嗽,直喘得浑身颤抖起来。

刘玉春急忙上前扶住他,给他捶背,说:"常大爷,你身体这个样,咋上这高山来呢?"

老人没回答,只是一个劲地喘粗气,刘玉春便从背篓里掏出一根嫩黄瓜,让老人润润喉咙压压咳。

老人嚼了几口黄瓜,忽然像是想起了什么,说:"我好像听柱儿说过,你到乡里去开过会,是吗?"

刘玉春点点头,说:"去年我被选为乡人大代表,去开过人代会。"

老人脸上露出了高兴的神情,这才向刘玉春说了他这次回来上长白山的原委。

原来,老人的儿子常柱是副乡长,今年老乡长要退休,常柱想当乡长,可要想当乡长首先得由上边提名,要获得提名就得走门子,而走门子仨瓜俩枣不行,要是有一棵价值不菲的长白山野参,这事就十拿九稳了。于是,老人就想起二十年前,他曾在长白中峰的半山腰上,发现过一棵长得特别壮实的二角子人参,当时没舍得采,后来老了,被常柱接到镇上,也就把这事撂下了。前天常柱听他说了这事,说什么也要他再回来看看……

刘玉春听老人说到这里,叹了口气说:"真是可怜天下父母心啊!可这都过去二十多年了,那参还能长在那里吗?恐怕早就被人采走了。"

老人说:"我也估摸着可能会被人采去,可柱儿不死心,说只要有一分希望,就要付出一百分的努力。唉,为了他……"

刘玉春想了想,说:"常大爷,这样吧,你要是信得过我,就把那参的位置告诉我,我去看看,行不?"

老人说:"行,你是到乡里开过会的人,我还能信不过你? 要是真能采到那棵参宝,你柱子哥当了乡长,他决不会忘记你的。"随后,老人便详细地向刘玉春说了那参所在的位置。

刘玉春看看外边的雨已经停了,便让老人留在洞里等着,他自己出了山洞。

刘玉春走后,老人一直望眼欲穿地等着,直等到天快黑时,才见刘玉春满身泥水地回来。刘玉春一脸疲惫样,失望地对老人说:"常大爷,那地方我找到了,可那参早被人采走了,参坑里都长出草来了,可深哩!"

老人两眼直勾勾地瞪着,半天才叹出一口气:"这是天意啊……"

第二天,刘玉春把老人送回了家。老人的儿子常柱听了事情的经过,心里很失望,但他还是留刘玉春在家吃了顿饭,并说了一些感谢的话。

走出常柱的家门,刘玉春马上发现他的背篓已经被人翻过了,心里很不是滋味。

到了冬天,刘玉春到乡里参加人代会,无意中得知,常大爷那次回家后十几天就去世了。

乡人代会开了三天,选出了新乡长,常柱没有获得提名,还是当他的副乡长,情绪很沮丧。

散会后,刘玉春特地去了常家,从提兜里掏出一棵白生生的六品叶大人参,对常柱说:"常柱哥,这就是常大爷说的那棵人参,现在交给您吧。"

常柱大惊:"你……不是说早被人采走了吗?"

刘玉春说:"我当时说了谎。其实那天我一到大爷说的地方,很快就找到了这棵参,只不过我把它采走后,藏在背篓的底层里了……"

常柱气得直跺脚:"你为什么要说谎?你误了我的大事了!"

刘玉春说:"我就是不想让你用这棵参宝去办你那种大事。我是人民代表,这也算是我投了你一张反对票!"说罢,转身走了……

（杨学利）

（**题图**:魏忠善）

拥抱我一下

　　布克斯是一个有钱的中年男子,他的家庭看上去很美满——儿女健康聪明,妻子温莱妮温和娴静,可是布克斯却性情粗暴,在外面酗酒作乐,寻花问柳,回家以后,对温莱妮也是恶言恶语,稍有不满,就会拳脚相加。

　　一天半夜,布克斯喝醉了酒,驱车回家途中,汽车撞断公路的护栏,翻进了深沟。布克斯在医院住了将近四个月,命倒是保住了,可两条腿却没有了任何感觉。虽然医生对他说,这只是暂时的,不久就会痊愈,但是布克斯从温莱妮与医生谈话时的神态来判断,自己的后半生只能在轮椅上度过了。

　　于是,布克斯干脆放弃了治疗,从医院回到了家里,整天把自己锁在房间里,要么对着天花板发呆,要么对着墙壁大吼大叫,无论温莱妮怎么劝,他都不愿再回医院了。

一天晚上,布克斯把温莱妮叫进房间,对她说:"温莱妮,这些天来我一个人想了很多,发现自己以前做了很多错事,最对不起的就是你,现在我成了一个废人,这是上帝对我的惩罚。我……我打算把所有的资产全部转到你的名下,任由你打理,以后你就是这个家真正的主人,只要你能原谅我过去所做的一切……"说到这里,他伸手抹去眼角的泪水,低下了头。

温莱妮静静地听布克斯说完,然后面无表情地说:"你放心,我会打理好一切的。"

不久,布克斯果真把资产全部转给了温莱妮掌管,自己没有留下一分钱。

温莱妮专门为布克斯指派了两个佣人,日夜轮番照料。布克斯身体恢复很快,情绪也逐渐稳定。不过,每当温莱妮请医生上门来为他检查瘫痪的双腿时,布克斯就会大发脾气,骂那些医生只会骗钱,有一次他竟然用玻璃杯砸伤了医生的脑袋,后来就再没有医生敢来他家了。

渐渐地,温莱妮对布克斯的态度越来越冷淡,她常常不在家,穿着也变得越来越奢侈起来。

一日清晨,布克斯从噩梦中惊醒,发现房间的窗帘已被拉开,微弱的阳光透过窗户照进来,温莱妮与一个男人正站在自己的床前。

"嗨,布克斯,我是摩尔。还记得我吗,老朋友?"那个男人面带微笑地向布克斯打了个招呼。

布克斯听到"摩尔"这个名字,眼角不由得微微跳动了一下。他怎么不记得摩尔呢?摩尔是布克斯青年时的情敌,后来商场上的对头,经过多年的较量,布克斯在事业上彻底击败了摩尔,让他的公司破了产,从而背井离乡另谋生路。听说后来摩尔拿到了医学硕士学位,开起了诊所,现在他来做什么?

布克斯把头歪向了妻子，眼神中充满了疑惑。

"是我叫他来的。"温莱妮语气硬邦邦地说，"摩尔的诊所也迁到了这里，我雇他来做我们的家庭医生，以后你的健康状况就由他全权负责，再说你的生意也要有个人来料理。我希望你们能忘记过去，成为朋友。"

摩尔耸了耸肩膀，带着一种特别的微笑说："以后我每天都会来看你，你会发现我是一个不错的医生。祝你早日恢复健康，布克斯。"

摩尔就这样成了布克斯家的常客。看上去，他与温莱妮好像没什么，可布克斯不是傻瓜，从他们两个人的眉来眼去间不难发现，自己担心的事情正在发生。布克斯只有尽量地保持镇静，尤其是在摩尔面前，他还会装得很开心。他要用这种方式来告诉对手，自己是不会轻易服输的！

然而温莱妮与摩尔的行为越来越露骨了，有时摩尔还会留下来过夜。他们开始限制布克斯的自由，叫两个佣人对他处处管制，不允许他随便外出，随意接见客人，他的电话只能打到客厅，甚至两个孩子都不能经常来看他了。

终于有一天，忍无可忍的布克斯向温莱妮提出了离婚请求，但却被温莱妮一口回绝。温莱妮冷笑着说："想把我的财产一分为二吗？我宁可把你养到死，也不会和你离婚的。"

布克斯彻底绝望了。他想起了一样东西——挂在走廊尽头的那支双管猎枪，那是布克斯家祖传的物件。他记得，在没出车祸前，自己还亲自擦拭过那支枪，而且里面始终装着子弹，用它了结生命，就可以结束痛苦了。

这天深夜，布克斯支开佣人，轻轻打开了房间的门，他的轮椅拐进走廊，发出"格格"的响声。布克斯小心翼翼地来到走廊尽头，看到那支猎枪就在头顶挂着。如果是常人，抬手就能拿到，但对于布克斯，那是不可能的，好在他事先有所准备，用手帕和铁丝做了一个抓钩,他屏住气,瞄准那猎枪的位置,便把抓钩抛了出去,但是没有成功;接着,又抛出了第二次,抓钩还是滑了下来;布克斯定了定神,望望四周,做了一个深呼吸,再一次将抓钩抛了出去。这次他成功了,抓钩抓到了枪栓! 布克斯的脸上露出了一丝笑容。

可就在这时,"嘎吱"一声楼下大门被打开了,两个人影伴着酒气与调笑声进入了客厅。布克斯的手正在收紧抓钩,这突如其来的变故使他的双手不禁抖了一下,那抓钩从枪栓上滑落下来。楼下的人似乎听到了动静,打开灯,走了上来。

布克斯转过了轮椅,那两个人正是温莱妮与摩尔,他们相互依偎着,看样子像是刚刚参加了什么酒会回来。

布克斯将手里的抓钩狠狠扔到地板上,朝着天花板狂叫起来。

温莱妮望着布克斯,说:"你不该这样,布克斯,我们对你照顾得如此细致入微,难道你还不满足吗? 你还想要什么呢?"

"不,他不会满足,永远不会。"摩尔在一旁阴笑着说,"他从生下来就不知道'满足'这个词的含义,他卑鄙、下流、不懂人情,现在该是他倒霉的时候了,没有人会帮他,这就是报应。"说着,摩尔慢慢地向布克斯逼近过去。

"你不要过来,快从我家里滚出去!"布克斯大叫着。

"你的家? 哈哈哈,"摩尔看到了地上的抓钩,大笑起来,"那支猎枪我早就叫人加固在墙上了,不过,如果你真的想自杀的话,只要滑动轮椅冲到楼下,一切痛苦就都会结束了。"

布克斯把目光投向温莱妮,然而,温莱妮站在那里就如同雕像似的一动不动。布克斯的额头渗出了汗珠,两只手紧紧地抓着轮椅把手,胸口起伏着,他大叫了两声,竟用两只手臂硬生生地撑起了整个身子!

轮椅被推到了一边,借着这股力量,布克斯强撑着扶到了墙壁,一只手迅速抓住猎枪,使劲把它拽了下来,然后猛转过身,利落地拉开枪栓,瞄准摩尔,"砰砰"连续开了两枪。

等烟雾慢慢散去,布克斯看到的景象却使他吃惊地瞪大了双眼:摩尔依旧站在那里,毫发未损,他伸出一只拳头,两粒弹头从他的手中落到地板上。

摩尔用手掸了掸衣角,说:"布克斯先生,我早就卸下了弹头,就等你扣动扳机了,这次你输定了,我可以告你蓄意谋杀未遂。不过,在告发你之前,必须先告诉你一件比这更重要的事情,这就是,你——现在又站起来了!祝贺你,布克斯。"

这话似乎猛地将布克斯从梦境中拉了回来,他低下头,看到自己的双腿,天哪,它们确实站在了地上!

温莱妮朝他走近了两步,眼睛里闪动着泪花:"亲爱的,医生说你有站起来的可能,但心理是关键。我不知道是怎么想到这个计划的,但我知道,与其让我原谅你,还不如彻底地改变你。现在,你能走过来拥抱我一下吗?"

一时间,布克斯突然变得像个孩子,他丢掉了手中的猎枪,流着泪,艰难地向前迈步!开始他的脚只是蹭着地面挪动,渐渐地他竟能跨出步子,一步、两步、三步……他终于抓住了妻子温莱妮的双手,而且抓得很牢,非常非常牢!

(李　健)

(**题图**:箭　中)

恐怖饭店

刘建是乡政府的司机，这天，他开车送几个领导去县城，经过一家山村小饭店时，突然从店里冲出一条黄狗，刘建刹车不及，车从黄狗身上压过，把黄狗压死了。

饭店老板娘闻声出来一看，立刻又跳又骂起来。刘建忙下车赔着笑脸说："大嫂，真对不起，我们赔你钱……"老板娘却死死拽住刘建的衣服不撒手，说这狗通人性，不是几块钱就能赔的。刘建吓坏了，小声求老板娘道："大嫂，今天车里坐的都是上级部门专门派下来搞环境调查的人，我这是把他们送到县里去，耽误不得呀。要多少钱，你就说个数吧！"

老板娘一听，想了想，说："既然他们是上级专门派下来的，那就是领导了。这样吧，你去跟领导说说，只要答应我一个要求，我一分钱也不用你们赔,就当没喂过这条狗。"刘建忙问是什么要求,老板娘说:"都快近晌午了,你们就在我的小店里吃了饭再走。""这……"刘建为难地抓抓头皮,"他们的午饭县里已经安排好了……"

老板娘嘴一撇:"怎么,不答应啊? 实话告诉你,我这顿饭是免费的。""免费?"刘建眨眨眼,吃不准老板娘葫芦里卖什么药。看到刘建这副样子,老板娘就自我介绍说,她叫阿青嫂,今天刘建车上的领导如果能在她这里吃顿饭,就是给她的小店贴金做广告了。不等刘建答话,阿青嫂又如数家珍地报出一串她店里特有的农家菜名来,最后还一拍脑门说:"看我! 今天不还有一条现成的狗嘛,我给你们炖一锅狗肉,那味儿保管比你们城里强多了!"

刘建看阿青嫂这么热情的样子,估计今天这顿饭是非吃不可了,于是就转身跑回车旁,俯身向里面说了几句,然后回头朝阿青嫂一挥手:"成,赶紧准备吧!"

阿青嫂于是就把那条躺在地上的黄狗拖进店里,三下五除二剥皮、剔骨,洗净剁了之后扔进锅里。趁炖狗肉的当儿,阿青嫂手脚麻利地果真倒腾出一桌菜来,那几个原本坐在车上的领导,不一会儿就围坐在了小饭店的餐桌旁了,他们拿起筷子一尝,连声叫绝,尤其是最后端上来的一大盆清炖狗肉,闻一闻就让他们口水直流。

看这些领导们吃得兴致挺高,阿青嫂于是又拿出几瓶陈年老酒,给每人都满上,她自己也陪着一起喝,趁着酒性,还绘声绘色地讲一些山村典故、乡里趣事,给领导助兴。几杯酒下肚,大家的脸都有点红,刘建卷着舌头说:"阿青……嫂,你这么会讲……故事……再给大家讲个段子,如……如何?"阿青嫂一听笑了,说:"黄段子我不会讲,不过我不扫领导的兴,我讲个吓人的故事怎么样? 保管让你们听了一辈子都忘不了!"

"好好好!"领导们个个叫好,"什么鸟段子,我们就要听吓人的,够刺激才好呢!"

"你们真要听？那我就说了哦！"阿青嫂扫了大家一眼,便说开了:

"咱这一带以前有个县令,一天他独自在山道上走,看到前面有个穿红袄的小媳妇,边走边哭,就上前问道:'你是哪家媳妇啊?是不是受了丈夫的气要回娘家?'可那小媳妇像是没听见似的,既不扭头也不作答,只是哭着顾自朝前走。县令觉得奇怪,拉住她正要继续追问,突然发现那小媳妇脸上根本没一点肉,全是白森森的骨头。小媳妇这时冲着县令一阵冷笑,说:'我可等到你了,你还我命来!'县令吓得魂不附体,大叫一声,转身就逃。县令在前面跑,小媳妇在后面追,有几次,小媳妇那白骨森森的手差不多都要搭到县令肩上了。县令没命地跑啊跑,蓦地看到前面有一家插着酒旗的客店,就大喊'救命'。

"店家闻声赶出来,问他:'这位客官,你为何这么慌张,到底出了什么事?'县令说:'鬼在撵我!'店家前前后后一看,说:'客官是不是喝多了?这日头当空、朗朗乾坤,哪来的鬼呀?'县令定神一看,可不是嘛,蓝天白云,太阳高照,哪里有鬼啊?可再想想,刚才的一幕又是那样清晰,他百思不得其解。

"店家邀县令到店里坐坐,一惊一吓县令也感到累了,于是便抬腿进店里坐下,喝点酒,压压惊。吃了几口菜,喝了几杯酒,县令想想刚才的事很是蹊跷,于是就和店家聊起来。县令不解地说:'我做官这么多年,从来没做过伤天害理的事,怎么会有人来找我索命呢?'店家答道:'这做官的,手握大权,有些在你看来无关紧要,或许对别人来说就是天大的事,有意无意中犯错也是难免的,只是你自己觉察不到罢了。'

"两人只顾说话,没注意到不知从什么时候起,天色已经暗了下来,仿佛天空突然被乌云笼罩,空气里有一种说不出的怪味,门外还传来怪怪的声音。县令心中狐疑,急忙开门看。不看则已,一看顿时吓得他三魂掉了二魄:门外竟然黑压压站了一群面目狰狞的鬼魂,有的枯瘦如柴,有的肿胀如球,有的弯腰驼背,有的头小脖粗。其中一个鬼见了县令就把他拽了出去,'嘎嘎'笑道:'我抓到他了,他的命是我的,应该还给我!'其他的鬼则一拥而上,都要来拉县令,嘴里还乱纷纷地喊着:'他的命是我的,是我的!'

"就在这千钧一发之际,店家跑出来奋力推开众鬼,把县令拖回店里,拉着他直往后院跑,三拐两拐钻进地下室,'咚'一声关上了门。县令心有余悸地问:'这里安全么?'店家点点头:'绝对没问题,这里没有窗,门又是铁的,砸也砸不破。'县令这才放下心来,两腿一软,瘫坐在了地上。这时,只见店家突然大笑起来,县令眼睛瞪得溜圆:'你笑什么?'店家得意地说:'现在可没人跟我争了!'"

阿青嫂绘声绘色地说着,刘建和几个领导都听得入了神。

这时,阿青嫂站起身来,给大家沏了杯茶。有人喝了一口,皱着眉头道:"这水的味道怎么有点怪?"又有人突然叫起来:"屋里怎么这么暗?"大家这才突然注意到,店堂里果然光线昏暗,而且,竟然有缕缕轻烟从门缝里钻进来,弥散在屋子里,带着一股刺鼻的气味。也许是阿青嫂的故事起的作用,大家的心头涌起一种怪怪的感觉。

一个领导站起来,走过去开门,他是想看看外面是不是真的天阴了。谁知,他一拉开门,就吓得惊叫起来;余下的几个领导顿时从凳子上跳起来,冲到门口一看,也吓坏了!只见门外站着一群人,那模样简直令人目不忍睹:有的瘦得几乎就剩一副骷髅架;有的眼窝深陷,两只眼睛犹如两个黑洞;有的浑身肿胀,皮肤泛着阵阵青光……

领导们吓得返身关上门,拔腿想跑,可是战战兢兢又不知往哪里跑。阿青嫂喊了一声:"大家不要慌,跟我来!"她领着领导们,还有刘建,直朝店里的后院走,来到一个房间里。领导们擦着满头的冷汗,正要坐下歇歇,屁股还没有挨着凳子,却又像被马蜂蜇了般的跳起来。原来,他们看到正对着门的长条桌上,赫然放着一个黑漆漆的骨灰盒,墙上还挂着一幅放大了的照片,两边贴着挽联。这里俨然是个灵堂!

领导们都禁不住倒吸了一口凉气,他们刚想向阿青嫂问个究竟,就在此时,只见阿青嫂说了一声"这下好了",随即就怪笑一声,全身抖动着手舞足蹈起来,脸上的肌肉扭曲着,要多难看有多难看。几个领导顿时吓瘫在了地上,抖如筛糠,还是刘建胆子稍大些,强撑着掏出手机,哆哆嗦嗦拨通了110……

十多分钟后,警车呼啸着赶来了,事情很快就水落石出:站在门外的一群人,是当地的村民,他们长年累月饮用当地山溪里的水,是被化工厂排放的工业废水污染过的,所以引发了各种各样的怪病;阿青嫂的丈夫几年前就因此而得病去世,阿青嫂自己也患上了过敏症,只要闻到这种刺鼻的气味,不一会儿就会浑身抽搐。村民们曾经多次向上反映这些情况,可结果总是来几个人走马观花看看,之后就互相扯皮没了下文。

今天阿青嫂一听刘建说坐在车里的那几个都是上级部门专门派下来搞环境调查的,顿时心生一计把他们强留下来,然后伺机打电话通知得病的村民过来,让领导看看他们的惨状。而那几个化工厂以为领导们走了,就又恢复了生产,滚滚烟雾霾时遮没了天空,无意中正好为阿青嫂讲故事营造了逼真的气氛……

阿青嫂对着丈夫的骨灰盒直念叨:"孩子他爹呀,你总说我没事爱云天雾地瞎扯,可今天我扯对了哩!那些领导说啦,今天在咱这儿遇到的事,他们一辈子也忘不了,咱这儿的问题他们一定负责到底,一定早日解决。孩子他爹呀,咱村的恶鬼就要被赶跑了啊……"

（郭　选）

（题图:安玉民）

女 当 家

　　沙河村的人都说,党华是她丈夫的贤内助。党华的丈夫叫王顺,是沙河村的村主任,此人平时少有主见,乡里叫干啥就干啥,是个唯唯诺诺的老好人,在处理具体事务上,党华还真给他出了不少主意,要不,他这个村主任怕是早就当不成了。

　　春节期间,党华走亲戚回了一趟娘家,她娘家在邻县大河乡,离这儿百余里。回娘家一趟不容易,党华就多住了几天。这天她从娘家回来,看王顺黑着脸不理她,知道是嫌她在娘家住的时间长了,就邀功似的说:"我这趟回娘家可是一举两得,既为私又为公哩!"

　　王顺撇着嘴说:"照你这么说,村里还得给你报销差旅费不成?"

　　"少说风凉活。"党华朝他瞪了一眼,"我这次可是给村里带回来一个致富项目啊！"

王顺冷笑道："致富项目乡里早给咱们村定好了，还用得着你操心？"

党华说："这几年辣椒市场十分看好，我娘家村上家家户户都种三鹰椒，又好管理，产量又高，而且根本不用跑市场找销路，一到收摘季节，外地客商蜂拥而来，装货的大卡车一直开到地头。咱们村地势平，水利条件又好，如果发展小辣椒种植，保种保收肯定不成问题，这可是让乡亲们脱贫致富的好路子。"

王顺朝她一哼鼻子："种植经济作物不是你说了算，也不是我说了算，是乡里说了算。你以为你是谁？"

原来，今年乡里实施富民工程，发展高效农业，强调全乡各村大力发展西瓜生产，力争达到人均一亩瓜。乡长马民培在会上说："哪个村如果不按规划落实瓜田面积，我就拿这个村的村主任是问！"

党华说："听说县里也在号召种西瓜。可如果全县全乡都种瓜，到时候这么多瓜卖给谁？再说，西瓜的保鲜期短，到时候卖不出去的话，三五天就烂掉了。小辣椒就不同，就是当令卖不出去，放上三年五载的也坏不了。"

党华说的道理王顺何尝不知道！他感叹着说："你是我老婆，我实话对你说了吧，那个经销西瓜的头道贩子，就是马乡长的小舅子……"

党华一脸愕然，屋子里的空气顿时沉闷起来。

不几天，乡里把西瓜籽分到了村里，村里又挨家挨户把它们分到了农户手中，一个大规模的西瓜育苗生产就这么在全乡各村开始了。

乡里对这项工作抓得非常仔细，书记、乡长主抓，乡干部包村，村干部包组，组干部包户，层层责任到人。而且对育苗的要求也很高，先进行种子消毒，再建苗床，配制营养土，然后搭塑料拱棚,前前后后着实费了不少功夫。

沙河村的人自然也不例外,全村家家户户都把分得的瓜子入土进棚,一时间,田间地头搭满了塑料拱棚。听乡里的技术员讲,塑料拱棚里温度高,瓜子育种后五天就可破土发芽,可王顺领人育上的已经将近十天了,家家户户的塑料拱棚内还不见瓜芽破土。王顺急得脸都白了,会不会是瓜种有问题?

王顺急匆匆直奔乡里,找马乡长反映情况。谁知马乡长却拍着桌子训他:"瓜种是乡里统一供应的,其他村的瓜种入土进棚后早就发芽了,你们村是咋搞的? 是不是没按技术要求操作?"马乡长还指着王顺的鼻子说:"这回要是把瓜苗育砸了,我非撤了你的职不可。"

王顺耷拉着脑袋,垂头丧气地从乡政府出来,又绕道去其他村里看个究竟。果真,人家大棚内育的瓜苗都出来了,马乡长没唬他。顿时,他傻了眼!

回到家里,王顺急忙钻进自家的塑料拱棚,索性将瓜子扒出来看个究竟。只见那瓜子竟还是入土前的样子,没破壳,也没膨胀。他心里一"咯噔",立即挨家挨户地到拱棚里去扒瓜子查看。这一看不得了,所有的瓜子都和他家一个样。

这不明摆着是瓜种出了问题。

王顺这回有恃无恐了,拿着从地里扒出的瓜子去见马乡长,开口就说:"我说瓜种有问题吧,你还训我,你瞅瞅,这是入土已经半个月了的瓜子,到现在既没破壳,也没膨胀,你说这是咋回事?"

马乡长这回也没辙了,嘀咕道:"乡里统一购种、统一发放的瓜子,怎么到了你们沙河村就不会发芽了?"

王顺说:"可能是我们沙河村的水土不适合种西瓜吧?"

马乡长瞪了他一眼:"胡扯淡!"

不管怎么说,沙河村的人不是不愿种西瓜,而是瓜子入土后不发芽。现在如果再重新购种育苗,时令已经过了,可家家户户又都留足了瓜田面积,总不能让地闲着吧? 王顺就跟马乡长商量说:"既然种不成西瓜了,咱就种辣椒吧? 听我妻子说,她娘家村上发展小辣椒效益可观,家家户户都发了辣椒财。"

马乡长叹口气,摆摆手说:"你们自个儿看着办吧。"

乡长松了口,王顺回来把意思一说,党华随即回娘家弄来了一批辣椒籽,于是沙河村家家户户都在原先的西瓜田里改种了三鹰椒。

这年夏天,全乡西瓜大丰收,田间地头堆的是西瓜,来往车上拉的是西瓜,城里大街小巷到处叫卖的也都是西瓜。西瓜堆天涌地,一块钱能买一大堆,乡里为此专门成立一个办公室,帮助瓜农跑市场、找销路。可是,跑这儿、找那儿也不济事呀,谁让种那么多瓜呢,一下子上市,又难运输又难保存,最后只好眼睁睁地看着那些卖不掉的西瓜烂掉。

可沙河村的小辣椒就不同了,尽管头一年种植经验不足,管理不善,没有创高产,但还没到收摘季节,外地客商就纷纷前来订货,市场十分看好。到秋后,每亩小辣椒收入达一千多元。

沙河村的男人们数着卖了辣椒的钱票子,喜滋滋地说:"多亏了西瓜子不发芽,让咱种辣椒发了财呀!"

沙河村的女人们听见了,就向男人们质问道:"你们可知道西瓜子为什么不发芽? 是党华让我们把瓜子给炒熟了啊!"

王顺这才知道,原来是他的贤内助在西瓜育苗期间,串通全村的妇女们把分得的瓜子给偷偷地炒熟了,硬是不让它们发芽。谁说女人头发长、见识短,这回妻子就是比自己有本事哇!

第二年,沙河村进行换届选举,村民们一致推选党华为新一届的村主任。王顺的贤内助一下子成了全村人的女当家,王顺虽说自觉少了脸面,可也心服口服。

(王喜成)

(题图:魏忠善)

随 机 应 变

随遇而安的人才是最机巧的人，
贪心不足反易落空。

牛老汉捉贼

　　莲花村老治保主任牛老汉被在省城工作的儿子接去，没住两天就闷得难受了，城里空气污浊，人车喧嚣，哪里比得上他们乡下清爽？牛老汉要回去，儿子执意要他多住几天，牛老汉想想出来一次不容易，也就住下了，可是心里实在憋得慌，这天晚上便一个人到马路上去走走。

　　这时是十点多钟，因为路上少了呛鼻的汽车尾气和摩肩接踵的人群，牛老汉越走越来兴致，不知不觉走到一处相对僻静的路段。路边有一溜草坪，草坪往里是一排灌木，再往里则是一片小树林。草坪上分布着几根浇灌绿地用的塑胶水管，水管朝天竖着，闸门是活动的，随时可以打开，此时正有两个外来工模样的人从那儿接出水来，一个洗衣服，一个洗头发。牛老汉一看可开心了,他散步小半天,正想洗洗脚呢。等那两人洗完走开,他就到稍远处的另一根水管旁,蹲下身子去拧闸门。没想到水压大得出奇,闸门只旋了一道缝,就被水柱完全冲开,水"忽"的一声往上狂涌,一喷三四米高,然后瀑布般往下落。牛老汉惊得直往后退,慌了神,待醒过来,赶紧手忙脚乱地扑过去关闸门。由于水太大,把他的视线挡得严严实实,他也不管了,闭着眼睛钻进水帘里,好不容易摸着闸门,狠狠一旋,才关上。他睁开眼睛看自己,像一颗刚从水缸里捞起来的大头菜,里里外外全湿透了。

马路对面有人看着他笑,他又狼狈又难堪,一头钻进灌木丛,又钻进小树林,找了个最隐蔽的角落,喘了好久,确信四处没人时,才"窸窸窣窣"地脱下衣服来拧干。正在这时,忽听不远处一栋居民楼上有人大声喊:"抓小偷! 小偷往楼顶上跑了!"顷刻间,居民楼里人声嘈杂,许多人往楼顶追去,开门声、关门声、跑步声、喊打声,"乒乒乓乓"响成一片。很快,听得楼顶上一个粗嗓子喊着:"大家快过来啊,小偷在那儿! 他掉进水箱里了!"听到这话,牛老汉在树林里不由一乐,心想:才几分钟,又多了一只"落汤鸡"!

他脸上的笑容还没收敛,却见一个人冲到楼顶的栏杆前,只犹豫半秒钟,就猛地翻出栏杆,抱着墙外的水管没命地往下滑。那可是六层楼呀,牛老汉惊得差点叫出声来。鸭急了上架,狗急了跳墙,这小偷算得上是个十足的亡命徒,在人们的叫喊和追赶声中,他慌慌忙忙地抱着水管滑到地上,一着地,就疯了似的往黑暗处狂奔,很快就从牛老汉的视线里消失了。

居民们有的在楼顶惊叫,有的顺着楼梯往下追,还有的打手机报警。那个大嗓门又喊开了:"大家注意! 小偷穿碎花 T 恤,灰色沙滩裤,全身是湿的,正沿着安平路逃跑。快抓住他!"

牛老汉听到"湿"字,顿时头皮凉飕飕地发麻:自己浑身湿漉漉的,又躲躲闪闪藏在这里,如果被发现,没有七八张嘴怎么说得清？他正加紧动作要把衣服拧干，只见路口警灯闪烁，一辆警车赶来了，牛老汉吓得不敢动弹。

忽然，一个人影从树林外倏地钻进来，没头苍蝇般的与牛老汉撞了个满怀，两个人同时跌倒在地。牛老汉又疼又惊，压低声音问："谁？"

那人显然也大吃一惊，爬起来正想跑，忽然改变主意猛扑过来，一只手按住牛老汉的脖子，另一只手"啪"地弹出匕首，刀尖扎着牛老汉的肚皮，恶狠狠地说："别出声！不然就要你的命！"

此刻，牛老汉的衣服拧干了，可还来不及穿，身上光溜溜的，他被小偷扼得喘不过气来，活脱脱像条奄奄一息的鱼。牛老汉没有反抗，一怕穷凶极恶的小偷下毒手，二怕引来警民围观，他正赤裸着身子哩！他只好按兵不动，不过脑子可不轻松，总得想个对付的办法呀！

过了一会儿，小偷见牛老汉还老实，手松了松劲。

牛老汉低声说："不要这样，年轻人，我出道的时候，你还没出生呢！"

小偷冷冷地问："你也是道上的？"

牛老汉答非所问，指着自己的衣服说："学着点，以后做生意要穿深色衣服，黑天好跑。咱们今天都算倒血霉了，你掉的是池子，我掉的是明渠，不过我没有你惊险，我这么一把年纪，可没胆量从六楼往下滑。"

小偷有点相信了，问他："你属哪一支？"

牛老汉说："湖南帮，魏二爷侃门十七派。"

小偷被牛老汉这随机应变的答话蒙住了，竟放开牛老汉的喉咙，另一只手上的尖刀也抽了回去，还说："看来咱们有缘，脱险后我请你喝几杯，向老前辈讨教讨教。"

距小树林不远的马路上，这时人声鼎沸，大家一面向警察反映情况，一面帮着分析案情。人们眼见着小偷从安平路逃跑，有些壮实的小伙子还朝那个方向追捕,却怎么也不会料到,小偷会绕个大弯转回来,这会儿就躲在他们鼻子底下。

牛老汉情知,只要大喊一声,小偷就将成为瓮中之鳖,可是小偷极有可能因恼羞成怒而伤害自己。怎样才能既抓住小偷又保护自己呢?

牛老汉故意给小偷施压:"他们知道你穿什么衣服,你即使逃得过眼前,又怎么过前面的治安岗亭?"

小偷皱皱眉:"那怎么办?"

牛老汉指指自己的衣服:"换上我的衣服。他们刚才看你穿短衣短裤,可我的是长衣长裤,颜色也完全不同。"

小偷想了想,问:"那你怎么脱身?"

牛老汉说:"他们不可能怀疑我,我这枯瘦老头,怎么看也不像是能够从六楼往下滑的。"

小偷显然有点心动了。

牛老汉继续怂恿他:"快换上吧,小伙子!万一被抓住,一判就是三五年。你有几个二十岁!"牛老汉说着,把衣服递给他。

小偷狐狐疑疑地终于接过衣服,一边持刀向牛老汉晃着,一边脱衣服,嘴里还不停地威胁着:"站着不许动!等我穿上你再穿!我会使飞刀!"

小偷终于换了衣服,牛老汉也在尖刀的威逼下把小偷的 T 恤衫和沙滩裤穿上了身。

眼看路边的人群在渐渐散开,牛老汉问小偷:"你白天有没有踩点?这一带地形熟不熟?"

小偷说:"我领你转个弯,回头再走这条大路。你跟着我。"说着,把匕首顶住牛老汉的后腰,推着他从小树林深处往外钻,悄悄往与公路相反的方向摸去。

牛老汉心想:这家伙真够狡猾,挺能使障眼法的,如果暴露目标,人们只会追我,他却能逃之夭夭。

没走几步,地势稍微开阔了。牛老汉说:"你的刀硌得我生疼。"他装作反手去拨匕首,一转身却把小偷的腰带扯个正着,一拽,腰带应声断开。没等小偷反应过来,牛老汉已经跑出十几步外了,大声喊道:"抓贼啊!小偷在这里!"

那小偷慌了,没命地逃窜,可是两只手要提裤子,哪里跑得快!才跑几步,就被裤管绊了个狗吃屎。小偷借摔倒的机会翻身脱裤子,可是只脱了一条裤腿,人们就赶到了!

牛老汉回到儿子的住处已是深夜一点钟了。

儿子见老爸回来,刚松了一口气,忽然像看见外星人似的,惊讶得合不上嘴,好久才说:"爸,您这是从哪里来,怎么穿得这么花哨?"

牛老汉拿腔拿调地说:"人老了,力气小,跑不快,又要捉小偷,又要不打架,就只能想办法。想啊,想啊,干脆把衣服给小偷穿得了!暗地里,我把皮带头的铁扣子掰开,关键时候轻轻一拉,裤子就往下掉——嘿,让他丢人现眼去!"

瞧,危急时刻,老头儿还挺幽默!

(炎 炎)

(题图:刘斌昆)

白色制服上的污迹

松井公司是家跨国大公司,是年轻人向往的地方。这年,松井公司要招聘一名高级女职员,应聘者如云,经过一番激烈的比拼,安娜、杨子、鲍波三个名牌大学毕业的女生脱颖而出,成为进入最后阶段的候选人。

这天早上八点,按照约定,三个女生来到公司人事部,部长发给她们每人一套白色制服和一个精致的黑色公文包,说:"三位小姐,请你们换上公司的制服,带上公文包,到总经理室参加面试,这是你们最后一轮考试,将直接决定录用的结果。"

三个女生脱下精心搭配的外衣,换上那套米白色的制服。部长又说:"我要提醒你们的是,第一,总经理非常注重员工的仪表,而你们所穿的制服,胸前都有一小块黑色的污迹,所以,怎样对付这块污迹,就是你们的考题;第二,总经理面试你们的时间是八点十五分,你们只有十分钟的准备时间。好了,开始答题吧!"

三个女生立即行动起来。

安娜不加思索地立刻掏出餐巾纸擦那块污迹,可是越擦污迹越大,制服被弄得惨不忍睹。安娜紧张起来,央求部长赶紧给她再换一套制服,部长抱歉地说:"我认为你没有必要再到总经理那儿去面试了。"安娜知道自己已经被取消了竞争的机会,只好眼泪汪汪地离开。

与此同时,杨子飞奔到洗手间,拧开水龙头,蘸着自来水清洗那块污迹。很快,污迹没了,可麻烦也来了,制服的前襟处被水浸湿了一大片,紧紧贴在身上。杨子脑子一转,忙奔到洗手间,把洗湿了的制服前襟那一块对着烘手器烘烤。一会儿,她突然想起面试的时间,一看表:不好,十分钟快到了。她顾不得把衣服烘干,赶紧冲出洗手间,往总经理室跑,一边跑一边把制服穿上身。

赶到总经理室门前,杨子飞眼看表,刚好是八点十五分,更让她庆幸的是,白色制服上的水渍已经不那么明显了,如不仔细分辨,根本看不出来。

杨子正准备敲门进屋,门却开了,鲍波走了出来。杨子一眼瞥见,鲍波白色制服上的那块污迹,仍然醒目地留在那里。这下,杨子心里踏实了,她自信地走进办公室,得体地道一声:"总经理好。"

总经理坐在办公桌后面,微笑地看着杨子身上的制服,然后说:"杨子小姐,如果我没有老眼昏花的话,我看出你的制服弄湿过了。"杨子尴尬地点了点头。总经理又问:"是用水洗的吗?"杨子又点了点头。

总经理沉吟了一下,说:"杨子小姐,很遗憾,在这轮考试中,鲍波是胜者。希望我们下次有机会再合作。"

杨子的脸顿时涨得通红,委屈地说:"总经理先生,这不公平,我虽然把衣服弄湿了,可是污迹没有了呀!而鲍波的制服上,那块污迹明明还在呢!"

总经理平静地说:"鲍波小姐没有让我发现她制服上的污迹,从她走进我的办公室起,那只黑色的公文包就一直优雅地横在她的胸前,正好挡住了那块污迹。"

杨子依旧不服气:"我准时到达了目的地,也清除了制服上的污迹,而鲍波只不过是耍了个小聪明,她和我最多只是打了个平手……"

"不!"总经理摆了一下手,"鲍波完成得比你出色,她在处理事情时思路清晰,善于利用手中现有的条件。你虽然也解决了问题,却是在手忙脚乱中完成的。其实,那只公文包就是提供给你们解决问题的杠杆,而你却将它扔在了一边,你的'杠杆'大概是落在洗手间里了吧?"

杨子这才发现自己两手空空,果然忘了拿那只公文包!她终于信服地点了点头。

总经理又微笑着说:"如果我没猜错的话,鲍波小姐现在正在洗手间里清洗她制服上的污迹呢。"

(杨　格)

(题图:刘斌昆)

智进医院

岳父的五十大寿到了,大伟随妻子回家去给岳父祝寿。

大家正围坐在客厅里,有说有笑地聊着,忽然听见外面楼梯上一声惊叫,接着就是"唉哟、唉哟"的呻吟声。

大伟一个箭步冲出去,一看,原来是刚买菜回来的岳母在上楼梯时不小心摔倒了。

岳母摔得不轻,整个人都站不起来了,大家赶紧打急救电话。

五分钟后,就听见楼下救护车"呜呜"叫着开来了,大伟连忙下楼,准备去给医生带路。

可他到楼下一看,竟然有两辆救护车停在楼门口,双方救护人员正在为谁上楼接病人而争执不休。原来,大伟姐夫打的是康爱医院的电话,而大伟妻子打的是仁爱医院的电话。

于是,大伟只好和两家医院的救护人员商量,让他们别争,先救病人要紧。

可双方救护人员却互不相让,说是按照医院规定,如果急救车出来接不到病人,他们就不但要自己出汽油费,而且还要被扣发当月奖金。

本来心脏就不太好的岳父在楼上等啊等,怎么不见救护人员上来,就急着也下楼来看。一看这场面,他心里又气又急,指着那些救护人员气愤地说:"你们……你们太……"下面的话还没有出口,人却顺着墙壁慢慢倒了下去。

这一来,两家医院的救护人员顿时都傻了眼。

不过矛盾却立马解决了:双方立即停止争执,自觉地一家一个,以无比快捷的速度把两位老人分别抬上了救护车。

姐夫跟着跳上了送岳母的车,大伟赶紧跳上了送岳父的车。

两辆救护车一路鸣笛,各自直奔自己的医院。

康爱医院要近一些,所以送岳母的那辆车先到。

仁爱医院相对远一些,岳母已经被抬进抢救室的时候,送岳父的那辆车才刚刚开到医院门口。车一停下,救护人员刚要把担架抬下车,躺在上面的岳父忽然一骨碌爬了起来。

众人面面相觑,大吃一惊。

只听岳父对大伟说:"快,快叫辆车,去看看你妈咋样了。"

大伟吃惊不小:"爸,您刚才不是晕倒了吗,怎么现在……"

岳父着急地朝他挥挥手,说:"傻小子,我要不这样,你妈现在还进不了医院呢!"

(苑广阔)

(题图:李　加、史　琦)

分汤方案

在鲁南苏北一带，有一道名吃，叫"炖羊肉汤"，因其味道鲜美、营养丰富，备受人们青睐，甚至还时常听说有为少喝一口汤而闹得彼此面红耳赤不开心的事。

这天，五个朋友聚会，开始大家还有说有笑吃得挺欢畅，可是等一锅羊肉汤端上桌，气氛就有点紧张了，因为谁也不愿意自己比别人少喝一口，于是便推举了一个大家公认最无私的人来分汤。

可谁知这个人经不住汤的香味诱惑，还没开始分，自己就要先尝一口，结果立刻被其他四个夺下勺子来。

第二个人自告奋勇地站了起来，表示愿为大家服务，他的这个举动立刻得到了第三个人的夸奖："看来还是老兄你最公正无私了!"

第二个人随口接了一句:"凭你这句话,得给你多加一勺。"

"那怎么行!"另外几个立刻异口同声地喊起来。

这个方案自然也被否定了。

其实说到底也就是一锅汤,再怎么好吃也经不起这样的讨论,汤凉了还有什么味道? 于是五个人都急了,争先恐后地拿起勺子,都要往锅里舀。

邻桌两个长者看他们这副样子,忍住笑走过来,其中一个说:"亏你们五个人,真是白长了五颗脑袋。这么简单的事儿,还不好办?"

他让服务员拿来五只汤碗,一字儿排开,对这五个人说:"我提个方案给你们。第一,得都分好了,大家才可以开始吃;第二,谁负责分汤,谁就得最后一个端碗。你们不信试试,用这个办法,保证你们分得公平。"

一试,果然如此!

(郑学伟)

(**题图**:魏忠善)

小姐的勇气

一架班机因故停飞,旅客因办理转乘手续,在柜台前排起了长长的队伍。一位老兄等得不耐烦,气呼呼地从后面挤上来,嚷嚷着要替他先办。柜台小姐很客气地指着他后面的队伍对他说:"先生,我很乐意为您效劳,可总得有个先后吧?"

这位老兄一听,喉咙顿时就响了:"你知道我是谁吗?"柜台小姐看了他一眼,按下扩音开关,对着话筒说:"各位旅客请注意,各位旅客请注意,有一位先生不知道自己是谁,如果有哪位旅客能够帮助他辨识身份的话,请到柜台前来。谢谢!"队伍里一阵哄笑,那位仁兄脸一摆:"不办就不办呗,还来这一套!"

（胡长修）

（题图:李 加）

想象

　　那年夏天,小黄去大王乡执行采购任务,先坐车后步行,
等走到大王乡,已经热得汗流浃背,嗓子眼里都冒烟了。他看
到桥下的河里有人在玩水,心想,反正这里地偏人少,就脱光
了衣服跳下河去,一来歇歇脚,二来可以在水里凉快凉快。

　　正在这时候,忽听有人一声喊:"来人了!"不用说,这"人"当
然是指女人了。小黄赶紧学着水里其他人的样子,把身子没入
水中,只露一个头在外面。他抬头一看,果然有个穿花褂子的中
年女人,胳膊上挎着个竹篮子,正朝桥这边走来。

　　如果是别的女人,看到小黄他们这副样子在水里,早吓跑
了。可这个女人厉害,看到水里人都只露着个头盯着她,先是一
愣,突然就生起气来,说:"你们这些人,怎么一点规矩也没有,竟

敢在这里耍流氓？你们没看到过女人是不是？那好，我今天让你们看个够……"说完，她竟大模大样地在桥头上坐下来，嗓咙还越来越响。

小黄心里急了：自己有任务在身哪，得想办法把她支走，好赶快上岸去。他想给女人说几句好话，还没张口，水里有个光头已经抢先朝那女人喊起来："大姐，你说也说了，骂也骂了，算我们不对还不行吗？你就高抬贵手饶了我们吧！"

"饶了你们？"那女人鼻子里哼了一声，不依不饶地说，"你们这些流氓，都该抓起来去蹲大牢才是……"

看女人这气势，小黄真不明白她到底想干什么，让她这么缠下去，自己什么时候上得了岸呢？于是，他直起嗓子对女人说："大姐啊，其实你来的时候我们已经都蹲在水里了，我们可没对你不规矩啊！"

"你们还想怎么样？"女人蛮横地说，"难道你们这副赤身裸体的样子，还怕别人想象不出来吗？"

小黄一听，真是哭笑不得。

光头在水里嘀咕："这个泼妇，简直是个神经病！我们索性就这样上去，看她能把我们怎么样。"说着，他站起身来就要上岸。

谁知那女人一点不怕，"噌"地也站了起来，从竹篮子里拿出一把镰刀，朝光头挥着说："你想上来？上来我就阉了你。"

光头看女人这副凶巴巴的样子，只好赶紧缩回水里。

其他人一时都没了声息，蹲在那里，谁也不敢上岸。

这时候，有个人骑着自行车正朝这边飞驰而来，女人看到了，一迭声地朝他招呼："来人呀，快来人呀！"

那人不知是咋回事，过来之后急忙跳下车，问："怎么，出事儿了？"

女人说："水里这帮家伙欺负我。"随即，又附在他耳边说了几句悄悄话。

只听那人嗓门响得很，对女人说："不会吧？要欺负早欺负上了，还轮得到你现在这么和我说话？别是你自己玩什么花样吧？"说着，他摇摇头就要走。

水里一伙人见那人帮着他们说话，就"大哥、大哥"地喊起来，要他帮忙把这个女人撵走。

光头的喉咙最响："大哥，只要你把这疯女人弄走，我给你两百元钱，怎么样？"

谁知这人理也不理他："我急着赶路呢，可不敢管你们这些闲事儿。"说完，他头也不回地骑上自行车，蹬得飞也似的。

女人瞧着他的背影乐得哈哈大笑，随后就把小黄他们放在岸上的衣服全都拾掇到一块儿，嘴里还不停地数叨，不过说来说去也就是那几句话。

小黄心里再急，这时候也没了辙，他连连捶自己的脑袋，懊恼自己干吗要贪图凉快，现在竟惹下了这等缠不清的事儿。

正在这时候，一辆面包车疾驶而来，车子还没停稳，突然从车上跳下十几个公安来，个个手里端着枪，冲到桥边就一字儿排开，枪口都对着河里。小黄一看，领路的竟是刚才那个骑车人。

岸上的女人激动地指着水里那个光头，对公安说："就是他，快，快抓住他，别让他跑了！"

光头在水里傻眼了，一动不动地愣在那里。

是呀，还跑什么？他根本跑不了啦！这光头是公安局正在通缉的杀人犯，因为样子长得非常像女人的一个亲戚，加上又剃了光头，所以女人一眼就把他从玩水的那帮人中认了出来。刚才，就是女人让骑车人去报的案！

小黄心里感慨：这样的事情，要不是亲身经历，说啥也想象不出来。

（武 浩）

（题图：魏忠善）

美丽的婚纱

曼玲小姐的婚礼就要举行了，这天，她与伴娘阿珍一起来到城里著名的"婚纱街"，希望能租到一件称心的婚纱，在结婚那天好好风光一回。毕竟，这是女孩子最重要的时刻呀！

曼玲和阿珍一口气逛了六家婚纱店，最终选定了其中一家叫"今生无悔"的。因为店门口挂着的那件婚纱实在太漂亮了，雪白的婚纱，领口镶着金色的蕾丝花边，裙摆上缀着六朵百合花。

老板娘是个四十出头的女人，见曼玲盯着这件婚纱目不转睛的样子，就满面堆笑地迎上来说："小姐真是好眼力，这件婚纱是从法国进口的，整条婚纱街上独此一件。"

曼玲一听，就让老板娘取下这件婚纱，拿着它往自己身上比了又比,对着镜子照了又照。

老板娘打量着曼玲的神情,不紧不慢地介绍说:"这是我们店里最昂贵的婚纱,所以租金也就比较贵,押金三千元,租金四百元一天。这种婚纱每租一次就要干洗一次,折旧很厉害的……"

曼玲瞥一眼老板娘,很干脆地回答说:"钱没问题,毕竟一辈子就这么一次。"

老板娘又说道:"还有个问题,我也得事先说明:如果婚纱损坏的话,是要赔偿的,至少五百元,甚至更多,视损坏情况而定。这是婚纱租赁历来的规矩,你们……不会不知道吧?"

老板娘见曼玲此时脸上的表情有点犹豫,便说:"要不,你们再另外挑一件? 这件还是放在店门口,让它替我撑撑门面吧!"

可曼玲实在太喜欢这件婚纱了,她抚摸着裙摆上那一朵朵百合花,心想:自己平时做事还算谨慎,不会那么不巧,穿一次就弄坏的吧?

想到这里,她狠了狠心,对老板娘说:"我就租这件了,你开单子吧!"

老板娘看了看曼玲,似乎有点不放心,收钱之后,她特地又在押金条上注明赔偿条款,然后才把婚纱交给曼玲和阿珍。

转眼,曼玲的喜庆日子到了,爆竹声中,新郎的花车来到了新娘曼玲的家,拜见过岳父、岳母之后,新郎抱起穿着婚纱的新娘曼玲上了花车。

在去酒店的路上,新娘曼玲的眼里总是噙着泪花,新郎以为曼玲是舍不得离开娘家,便一直低声劝慰。

还是伴娘阿珍机灵,她瞟了一眼曼玲穿着的婚纱,便猜出了她噙泪的原因。原来就在刚才上车的一刹那,婚纱的裙摆被曼玲手上的钻戒轻轻一勾,撕破了一个小口子。

阿珍在曼玲耳边轻声说道:"别担心,会有办法的,开心点。"

好在那个洞不大,又在裙摆不起眼的地方,参加婚礼的宾客都没有发觉,还直夸曼玲的婚纱漂亮呢!

第二天要去还婚纱了,阿珍来到新房,见曼玲小夫妻俩正在为这件事犯愁哩,五百元对于工薪阶层来说不是个小数啊!

阿珍凑上去仔细看了看婚纱上被钻戒撕破了的小口子,灵机一动,说道:"我有办法了!"

"真的?"曼玲激动地问,"快说,你什么办法?"

阿珍指着婚纱的裙摆说:"只要把这百合花拆一朵下来,补到小洞上,不就行了吗?"曼玲一听,连连叫好,于是两个人立即忙活开了。

但是不一会儿,两个人就傻了眼:百合花是拆下来了,可是百合花下面其实是一个比小口子大的窟窿。一个没补上,又出来一个,到底是怎么回事?

两个人把婚纱翻过来看个究竟。好家伙!原来每朵百合花下面都有一个窟窿,看上去有像是被烟蒂烫的,也有被撕破的,呵呵,六朵百合花原来竟是六个美丽的补丁。天哪!曼玲只觉得一阵眩晕。

新郎愤愤地说:"你们去跟老板娘评理!"

阿珍摆摆手说:"没用的,押金条上写明了,更何况三千元押金在别人手里,他们就是靠这法子来斩人的。"

她低下头想了一会儿,说:"还是按照我们原先设想的,把这朵拆下的百合花缝到小口子上。至于这个窟窿,等会儿还婚纱的时候,我自有妙计。"

长话短说。不多时,阿珍和曼玲带着婚纱站在了"今生无悔"婚纱店老板娘的面前。老板娘一眼就看见了那个拆掉了的百合花下面的窟窿:"哎哟,这里怎么破了个洞啊?还挺大的哩!太可惜了,五百元没商量了。"她边嚷边露出一副痛心疾首的样子。

只听阿珍不慌不忙地解释说:"老板娘,是这样的,昨天婚礼前,新郎新娘去公园拍录像,风挺大,婚纱上的一朵百合花没钉牢,一下吹到河里去了,我们仔细一看,下面有个旧伤疤,就是这样。"说完,她似笑非笑地望着老板娘。

老板娘一愣,随即脸上一热,道:"算了,算了,百合花不是原配的,一朵也没几个钱,既然掉进河里了,总不见得让你们去捞吧!"

她取出曼玲那三千元押金:"拿回去吧,你可数好了!"

一个星期之后,曼玲和阿珍又路过这家婚纱店,店里有一个二十来岁的女孩正在试穿婚纱,曼玲定睛一看,哟,这不就是自己租过的那件吗? 洁白的婚纱还是那么美丽,只是,裙摆上遮盖窟窿的百合花,已经变成了七朵……

（周　浩）

（题图:安玉民）

让钱包说话

傍晚,正是下班的时候,公交车站头上聚满了候车的人,其中有一位姑娘,她的肩头斜挎着一个皮包,皮包搭在臀部,非常扎眼。

而这时,人群中正好有两个伺机行窃的扒手,是一对老搭档,他俩很快就盯上了这位姑娘。两个扒手装作乘客,来到姑娘身边,其中一个剃平头的负责望风,另一个染黄发的负责下手。"黄毛"用报纸遮住自己的右手,悄悄伸向姑娘的挎包,一眨眼的工夫就得手了,他顺利地从包里掏出了一个小巧玲珑的钱包。

谁知这时,站头上有个穿红夹克的小伙子无意中目睹了这一切,就在黄毛要将姑娘的钱包塞进自己口袋时,他毫不犹豫地冲了上去,一把抓住黄毛的手,夺过钱包,嘴里低声吼道:"你胆儿不小啊!"

黄毛着实吓了一跳,竭力想挣脱小伙子,于是他们两个人就扭打起来。

姑娘闻声转过身来,惊异地盯着眼前这扭作一团的两个人,大叫起来:"抓扒手啊!"

就在这时,在一旁负责望风的"平头"蹿了上来,一把攥住穿红夹克小伙子的手,嚷嚷道:"扒手就是他!我亲眼看见的!"

小伙子一惊,还没反应过来,黄毛已经挣脱了他的手,转身一把抱住他的腰,反咬一口叫道:"是他!我也看见的,就是他!"

这一来,站头上等车的人眼光都齐刷刷地盯着小伙子。小伙子现在真是有口难辩,钱包在他手上,那两个真正的扒手又死死抱住他,他不是扒手谁是扒手?

众人都说要把小伙子送到派出所去,小伙子求助似的看着那姑娘,说:"你说吧,究竟谁是扒手?"

姑娘摇摇头:"我没看清楚,我不能乱说。可……可钱包现在在你手上啊!"

平头和黄毛乐了:"怎么样,还想抵赖啊?乖乖认了吧!"

小伙子又气又恨,他现在是无话可说啊!平头和黄毛趁机又对小伙子拳脚相加,恨不得把他打趴在地上才好:谁叫你多管闲事,关键时刻坏我们的事?

姑娘一看他们再这么打下去准要打出人命来,急了,对平头和黄毛说:"别打了,打出事儿来你俩也脱不了干系,还是送派出所吧!"

两个家伙这才住了手。

姑娘拦下一辆的士,想让平头和黄毛帮她一起把小伙子送到派出所去。这地方他们两人哪敢去啊,于是都扭捏起来,都推说有事,拔脚想溜。

姑娘恳求道:"拜托两位了,你们既然都是目击证人,不去哪行啊？再说，今天这事，我总得谢谢你们吧？"

旁边也有人说："是啊，好事做到底嘛，去一趟也花不了多少时间嘛！"

说话间，那小伙子又开始不安分了，一边挣扎，一边大叫大嚷："放开我！谁说我是扒手？凭什么要把我送到派出所去？"他还往平头和黄毛脸上啐口水。

这下可把那两个家伙给惹怒了，于是连推带搡地把小伙子塞进了的士。

到了派出所，小伙子安静下来了，办案民警开始询问案情。

先问姑娘。姑娘说："当我听见叫声转过头时，他们三个已经扭在一块儿了。具体情况，这两位先生比我更清楚，他俩亲眼目睹了事情发生的经过。"

平头和黄毛就把小伙子如何作案、如何被发现的经过说了一遍，故事编得天衣无缝，最后还强调说："不信看，钱包还在他手上。"

警察转过头来盯着小伙子："轮到你了。说吧，老实点！"

小伙子于是也把事情经过说了一遍。说完后，他把手中的钱包递给警察，说："他俩说我是扒手，我说他俩是扒手，至于究竟谁是扒手，还是让钱包说话吧！"

警察打开钱包，发现里面有一张合影照片，是一对亲密的恋人，女的是被扒去钱包的姑娘，而男的正是这位小伙子。

警察一下就明白了是怎么回事，他招呼平头和黄毛过来看照片。两个家伙刚把头凑过来，立刻就瘫在了椅子上。

警察对这对恋人的做法大加赞赏："要不是这样，在当时的情形下还真难对付他们。"

（许申高）

（**题图：**刘斌昆）

邪门的小红帽

　　大岛是个贼,这天深夜,他开着车子得意洋洋地疾驰在高速公路上。

　　半小时前,他刚刚神不知、鬼不觉地从一家银行的保险柜里偷得几百万巨款。被他动过手脚的报警系统,起码要在三小时之后才能发现他的杰作,而那时,他应该已经搭凌晨的航班到欧洲度假去了。

　　这次作案,大岛事前谋划了三个月,从作案工具的挑选、作案时机的确定以及对先进的银行保安系统,他都反复研究过,包括这条逃跑路线,也是他精心选择的。大岛之所以看中这条路线,一是因为它出城最快,二是因为它偏僻,路上几乎没有什么关卡,警署都在路两边很远的地方。

不过,道上人都说这条路有邪气,因为他们好几个兄弟下手作案后逃生,都是莫名其妙栽在这条路上的,甚至有人把这条路称为"邪路"。

这条路上有个加油站,他们说,如果加油时看到站里的人戴着小红帽,那么十有八九这是凶兆;如果戴小蓝帽,那么情况就会好很多。

大岛当然不信这些个说法,什么凶兆不凶兆的,他相信自己完全有本事对付。

当他驾车下高速公路后不久,车上的油表显示油不多了,大岛看到不远处的路边有亮光,他判断应该就是道上朋友说的那个加油站到了,便把车开了过去。

加油站很破,连塑料广告牌也都是七零八落的。大岛把车停在加油站门口,这时候,他突然感觉一股冷飕飕的风从背后吹来,他莫名其妙地觉得有点紧张,手心开始出汗,好像真有股邪气罩过来。

大岛心里一惊:有这样的感觉可不是好兆头!他下意识地把藏在座位下的枪抽出来,悄悄打开保险,以备万一,然后将车徐徐开进加油站。

一个男孩跑过来,问道:"先生,您是要加油,还是住宿?"

大岛看见那男孩头上戴着一顶蓝帽子,心里长长地吁了一口气,回答道:"加油,快点,我还要赶路呢!"

小男孩一边往加油站办公室走,一边喊道:"姐姐,加油!"

"来了!"一个女人应声从办公室里走出来。

那女人很有几分姿色,可坐在车里的大岛却顿时紧张起来。为啥?这女人头上戴着一顶鲜艳的小红帽!大岛不由把手紧紧按在座位下面的枪把手上,一动不动。

一个漂亮妞儿大半夜出现在这么个破加油站里,那些原本只是来加油的司机看到她,恐怕也会改主意在这儿住上一夜了吧？大岛正想着，那女人手里端着两大杯热气腾腾的咖啡走了过来。

女人笑眯眯递了一杯给大岛，说："晚上还要赶路，喝杯咖啡提提神吧，我马上替你把油加好。"

大岛警惕地接过咖啡，并不喝，冲那女人点了点头，说："太好了，谢谢。我还要赶路，请你快点给我把油加上吧！"

女人朝大岛嫣然一笑："好，三分钟就可以搞定！"说罢，她把手中的咖啡杯放到车顶上，然后戴上手套，开始工作。只见她利索地拿起加油机上的输油管，拧开大岛车上的油阀，把油管插了进去。

趁着加油的工夫，女人问大岛："先生，你还需要其他服务吗？吃饭、住宿，或者……其他？"

大岛果断地摇摇头："不用啦，我还要赶路。"

女人点点头，似乎有点儿失望，于是便转过身去查看油阀。

就趁这个时候，大岛把女人刚才给他的那杯咖啡，从另外一个车窗给倒掉了。他警惕着呢，这种山野小店，半夜里有这么个漂亮女人出来招呼，咖啡里指不定放了些什么。

这时候，只听女人朝办公室里叫道："快出来收钱，三十九块，把收据带出来。"说完，她回头朝大岛妩媚一笑，然后端着咖啡杯回办公室去了。

那个小男孩就又从办公室里跑出来，收了大岛的钱，还很客气地向他打招呼说："先生，祝您一路顺风。"

大岛重新把车开上了公路，想起同伙说的什么小红帽凶兆，心里觉得很好笑：那些不争气的兄弟，看来八成是栽在了女人的手里，喝了那不知道放了什么的咖啡。

大岛越想越得意，一路把车开得飞快，很快就出了城。

再过半小时，大岛就可以把车开到郊外的机场了，他兴奋得忍不住吹起了口哨。

可是很快,他的口哨声就被车里发动机发出的越来越响的"哧啦哧啦"的轰鸣声打断,车前还不断冒出阵阵浓烟。

大岛的脸变了颜色:难道这条路上真有邪气?他身上止不住起了一身鸡皮疙瘩,只好将车停了下来。

大岛跳下车,打开车盖检查,什么毛病也没有发现,再仔细检查一遍,还是查不出毛病到底出在哪儿。

这算怎么回事?他忍不住又想起道上那些传言,心里感到一阵莫名的紧张,四下一看,突然发现空无一人的路两边,树木仿佛都像怪物似的朝自己扑来,他吓得赶紧钻进车里,决定还是等后面有车过来的时候,请人家司机帮忙看看到底是怎么回事。

就在这时候,天上开始起雾了,越来越浓,越来越浓,此刻就是车没异常,也没法在路上开了,大岛只好耐心等着。

等了好久,浓雾中终于透出两团灯光,越来越近,越来越近。有车!大岛大喜过望,跳下车,跑到路中间去拦。

可当他看清楚那辆车的时候,才发现原来是辆警车。当警官掏出手铐时,满脸憔悴的大岛已经不想再挣扎了,他绝望地垂下了头,心里千后悔万后悔不该不听同伴劝告,选上了这条邪路。

警官把大岛押回警署后,来到了加油站。

警官笑着问戴小红帽的女人:"这是第十二个了,你可真邪乎啊,用的什么办法?到现在还保密吗?"

女人一边喝着咖啡,一边妩媚地笑道:"嘿,我有什么邪乎的?要怪就怪那些笨蛋自己,深更半夜到这么偏僻的加油站来,看见我这样的女人一点都不动心,要么是正人君子,要么就是心怀鬼胎。这么晚了,谁不想喝杯热咖啡啊,只有心里有鬼的人才不敢喝,把它偷偷倒掉。而且我还发现,这人一只手始终按在那里不动,说实话我还有些紧张呢,如果没有猜错的话,他按着的应该是把手枪吧?"

警官点点头,又饶有兴趣地问道:"为什么他们的车从你这里开出去,最后都会停在路上等我们去'接'呢?输油管什么的都给堵塞了。是不是你们的油有问题啊?"

女人笑着说:"我是那种贪图小利的人吗?油肯定没问题,而且保证是给他们加足了量的,就是……"

"就是什么?"

"除了加油,我还顺手往他们油箱里加了一大杯浓浓的热咖啡!"女人调皮地笑了起来。

(华登喜)

(**题图**:安玉民)

出 奇 制 胜

当我们得到理解的时候,智慧是不会枯竭的;智慧同智慧相碰,就迸溅出无数火花。

小丑的秘诀

明朝正德年间，宦官刘瑾得宠，大小官员要使劲拍他的马屁，给他送东西，才能得到提拔。有个刑部主事叫王伯安，尽管很有政绩，因为没搞这一套，坐了冷板凳。

眼看着那些平庸之辈的官位一个个超过了自己，王伯安心里很不好受。他想：你们有人，我就没人？我的老子通着天呢！于是就动笔给父亲写了封信。王伯安的父亲王老先生当年中过状元，当过皇上的老师，深得皇上敬重，如果父亲能在皇上面前替自己美言几句，凭父亲的老脸和自己以往的实绩，那是"关老爷卖大刀，人硬货也硬"，还有不行的？

信发出去后，王伯安就天天掰着手指头算，等了两个月，终于等来了父亲的回书。那只是一张两指宽的小纸条，父亲在上面写道:我儿目前困境,全因不懂为官之道所致。随信托来一人,为官秘诀全在此人身上,望我儿拜他为师,尊之敬之。若能习得此诀,将终生受用不尽。

王伯安读罢大喜,可等一看来人,心里不由凉了半截。此人高不满五尺,年不过三旬,一双似无还有的绿豆眼,两弯似有还无的吊梢眉。这样的人,能有什么秘诀?王伯安问来人:"家父对您推崇备至,让我拜您为师,还没请教老师您的名号呢!"

那人一躬到地,说:"大人错爱,实不敢当。小人侯三,是个跑龙套的戏子,大人您要肯赏口饭吃,我愿给您牵马坠镫,当老师,那可折煞小人了。"

王伯安一听对方是个戏子,心想:父亲眼界奇高,他欣赏的戏子一定错不了。于是就说:"我最爱听戏了,可否请您清唱一曲,让我一饱耳福?"

侯三也不推辞,清一清嗓子,就开口唱了起来。谁知他一开口,竟荒腔走调,五音不全,听了叫人直起鸡皮疙瘩。王伯安刚呷了一口茶,听他这一嗓子,"噗"地把茶水全喷了出来。

别看侯三戏唱得不怎么样,脾气倒不小,王伯安这口茶一喷,他立刻罢演,一头叩到地上,说:"既然不中少爷的意,我还是回去服侍老爷。"

王伯安看他这副样子,根本无意留他,可忽然想到父亲从千里之外巴巴地给自己送来一个不会唱戏的戏子,自己怎么能随便辞退呢?他想了想,转脸对侯三说:"我跟前也没个贴心的人,你既是老爷千里迢迢派来的,就留在我身边吧!"

侯三一听,没出声。

王伯安见他不反对,就吩咐说:"你去给下面人说,准备轿子,我今天要去给吏部孙大人的老爷子祝寿。"

侯三于是便去传话,那些衙役、轿夫一听,全瞪大了眼睛。原来王伯安自上任以来,从没理会过这些应酬之事,侯三一来,老爷就改了性情,大家都以为这是被侯三开导的。

王伯安怎么会突然转性了呢?原来他是从父亲派侯三来这件事上悟出来的。父亲不是对他说为官秘诀全在来人身上吗?王伯安就想:侯三作为一个戏子,平时讲究唱念做打,"唱"排在第一位,可他唱得并不好呀,却为什么能得到父亲的推崇呢?看来必定是做功好。父亲所说的为官秘诀,一定是"嗓子不必动听,长袖善舞就行",父亲这是给自己打哑谜啊!看来要想升官,就非得像人家一样行事不可,所以王伯安这次破例去给孙大人的老爷子祝寿了。

孙府离得不远,王伯安还没到孙府门口,老远就听得人喊马嘶、鼓乐震天,转过巷子,只见官轿一顶挨一顶,排出去老远。孙家门口立着许多官员,王伯安便也过去,扎堆听他们聊了几句,才知道这些人都盼望自己送的寿礼能给老爷子留点印象,赏见一面。

看着这场面,王伯安不禁倒吸了一口冷气:本想自己能来祝寿,就算给的面子不小了,根本没考虑寿礼的事。他赶紧摸遍全身,又找轿夫借了点,才凑了二十两银子让侯三送去。他心想:自己这二十两银子,一定会给老爷子留下深刻印象,因为少得扎眼啊!

他正在那儿局促不安呢,只听门口鼓乐齐鸣,孙府管事出来高声喊道:"有请刑部主事王老爷——"

王伯安一听:得,一准是自己的贺礼太少,老爷子特意叫自己进去羞辱一番。他正要硬着头皮进去,只见孙老爷子竟然在家人簇拥下,亲自迎出二门,见了王伯安,老远就喊:"多谢王老爷,圆了老朽多年的心愿!"

王伯安听他语气真诚,不像是在挖苦自己,一时摸不着头脑,只好"嗯嗯"地敷衍着,一路往里进。到了内堂,只见给自己送贺礼进去的侯三倒已经入席了,而且是一个人单拉了一席,在下首坐着。席前高搭戏台，一个小丑正在翻筋斗，众宾客不断喝彩叫好。王伯安仔细一看，不由呆了：只见那小丑并不是在平地上翻筋斗，也不是在八仙桌上，而是在农家养蚕的竹匾上绕着圈沿儿翻。要知道，这种竹匾最多只有两斤重，平常人一只脚踩上去，竹匾就得翻，两只脚上去，那就真成了"竹扁"了。要在这上面走，那得会轻功才成，而绕着竹匾的圈沿翻筋斗，一般人想都不敢想。

这时候，那小丑一通筋斗翻下来，面不改色、气不长出，下得台来，径直向王伯安走来。王伯安正准备打招呼，不料小丑绕了一个弯，跑到侯三跟前，恭恭敬敬地一揖到地："请侯师傅多多指教。"

王伯安闹了个大红脸，细看那小丑，恭敬发自内心，不由暗想：难道父亲荐来的这个侯三真的身怀绝技？

只听侯三对那小丑说："你这出戏演的是考中状元后头戴官帽、跨马游街的事儿，怎么你只戴了个头巾？"

小丑红着脸回答说："不瞒侯师傅说，我要戴上官帽翻筋斗，不但竹匾要翻，帽子也要掉，苦练多少年，就是练不成。"

侯三说："那好，我家老爷让我来给孙老太爷拜寿，承蒙老太爷错爱，今天这个丑不献不成了，我也上去翻翻。"说着他便去换了戏服。与那小丑不同的是，他头上戴了顶簪花官帽，也到那竹匾上翻了一通筋斗，看得台下的孙老爷子不住地咂嘴："筋斗王果然名不虚传！我早就听说他有这手绝活，一直请不到他。多亏王老爷，了却了我多年的心愿！"

王伯安这才恍然大悟：原来老爷子的这番热情，不是那二十两银子换来的，而是因为侯三这小子把自己当寿礼了！这小子是演丑角的，怪不得唱得那么难听。

只听先前演的那小丑在旁边解说："其实能戴着帽子翻筋斗的，我们行里也不止侯师傅一个，但是翻筋斗时帽子上不系绳不掉下来的，那当真是独此一家，再无第二人会了。"

等侯三从台上下来，孙老爷子就上去摘他头上的帽子，那帽子果然没系绳，轻轻地一摘就下来了。孙老爷子好奇地问侯三："你那么折腾，帽子怎么不掉呢？"

侯三趴下就叩头："这是小人一辈子的饭碗，请老爷恕罪。"

孙老爷子只是好奇而已，又不是真想偷师学艺，见他如此说，也就不再追问。

王伯安这才明白：父亲所说的为官秘诀，绝非"长袖善舞"之类！回去路上，他说什么也不肯坐轿了，非要亲自抬侯三不可。

侯三见王伯安心诚，这才把他拉到一旁，说了实话："令尊于小人有救命之恩，他老人家叫小人来教您，我不敢不来。其实这秘诀说穿了也没有什么，就是立定脚跟做人，咬紧牙关做事。"

王伯安疑惑地问："可这……这和你翻筋斗有什么关系？"

侯三说："我的爷，您这么聪明还不明白？只要立定脚跟做人，心里不去想什么竹匾，人就不会从竹匾上掉下来；你一咬紧牙关，鬓角不就有两块骨头凸起来吗？卡住帽子，它自然就不会从你头上掉了呗！"

王伯安愣了愣，随即哈哈大笑："原来如此！"

从此王伯安虽然屡经坎坷，甚至一度被贬到贵州当一个小小的驿丞，但他始终坚持立定脚跟做人、咬紧牙关做事。后来刘瑾被砍了头，投靠刘瑾的那些人，自然也没什么好果子吃，倒是王伯安，在贵州当驿丞时专心做学问，后来成了一代心学大师，出山后又立下赫赫战功，成了一代名臣。

王伯安，就是历史上有名的王阳明。

（张东兴）

（题图：黄全昌）

恩师的菜单

明朝嘉靖年间有个做过工部尚书的,名叫刘南垣,在任时清廉闻名,后来告老还乡,闲居乡间,很少再和地方上的官吏缙绅交往。

有一次,当地知县突然到刘府拜访,刘南垣在花厅会见了这位姓林的知县。

寒暄过后,刘南垣就直截了当问他:"父母官造访,一定有事情见教,不妨直说。"

林知县见刘南垣态度平和可亲,也就不兜圈子:"下官这次来,是专想讨老大人一张菜单。"

刘南垣一怔,以为自己听错了:"老朽年迈耳背,请再说一遍。"

"在下想跟老大人讨一张菜单。"知县重复说了一遍。

刘南垣仔细把知县看了看，见他并不像是开玩笑，就哈哈大笑道："父母官说话有趣得很！老朽既非厨子，而且家居饮食均是寻常菜蔬，最多图一个新鲜而已，父母官怎么想到向老朽要什么菜单？莫非拿老朽玩笑？"

林知县听了，很是诚惶诚恐，忙拱手说："下官哪敢和老大人开玩笑，实在是您的高足李灏李大人奉旨巡视江南，过几日就要到本县，我不得已才过来求老大人的。"

刘南垣一听，当即沉下脸说："老夫早已不过问官场上的事，大人如求打通关节，免谈。"

知县一脸尴尬，说："下官不敢，大人误会我了。只因听说钦差李大人饮食上很是讲究，地方应对稍不如意便会遭李大人训斥，因此沿途地方官无不大肆张扬攀比，只想讨李大人欢心。可我们这里是滨海穷县，今夏又遭水灾，府库空虚，却又怕怠慢了李大人，无奈之下只能来求老大人赐一菜单，不敢铺张，只要李大人喜欢就好。"

刘南垣这时才明白知县来意。

刘南垣是李灏的老师，对学生当然很是了解。这李灏办事很有才干，不过因为出身富家，从小锦衣玉食惯了，遇事就喜欢讲排场，饮食挑剔更在情理之中。

刘南垣想到这里，沉吟片刻，含笑对林知县说："父母官不用着急，李灏过来，这顿饭我代你招待就是了——"

知县听了真着急起来，连忙解释："不，不，李大人来地方巡视是公事，接待钦差是我的职责，怎么能麻烦大人？"

刘南垣很认真地说："那好，李灏到县里，必定先来见我，届时我请你过来，当时把菜单给你就是。"说罢一摆手，"你放心请回罢，钦差如不满意，一切都由老朽担待。"

林知县不好意思再说什么，只得回县城去了。

只隔了一天,李灏就到了县里,他不忙接见地方官吏,就轻车简从来到乡下拜见恩师。

师生阔别好几年,一时见面都非常高兴。刘南垣打量自己这位学生,白面黑髯,眉清目朗,比过去更添神采,应对之间愈显得老成。

两人坐下说了些家常话,刘南垣说:"你匆匆赶来,一定未用午饭,现下准备已经来不及,不如暂且吃一顿便饭,明日再设宴招待。你我师生之间,想来也不会见怪。"

李灏赶紧说:"就听老师安排,只请老师千万不要铺张。"

刘南垣笑说:"你这样说再好不过,穷乡僻壤也拿不出东西来,你不嫌简慢就好。"

李灏连连说:"随便,随便!"

刘南垣马上吩咐底下准备饭菜,随后就不紧不慢地询问李灏京城以及巡视沿途的情况。

刘南垣谈兴很健,不知不觉竟过去了两个时辰,已经是下午两三点钟光景,李灏肚子早饿得"咕咕"直响,却总不见有饭菜上来,但又不好意思催促,眼睛只时不时望老师,似在示意。

这时,刘南垣才似乎记起吃饭的事情来,很生气地喊底下:"怎么这么不会办事,饿了客人!"

李灏嘴里只能连说:"无妨,无妨。"

刘南垣又东拉西扯开去,李灏只能饿着肚子唯唯答应。

这样又过去了近半个时辰,刘南垣又记起吃饭的事,说:"哎哟,老夫糊涂,只顾了说话高兴,忘了吃饭。这底下也不更事,到现在还没端正好饭菜。"便再一次朝底下大声呼唤:"为何没端上饭来?"

下人回禀说:"仓促之间,一切都是现买起来的,所以须费些时候。"

刘南垣发怒说:"不是吩咐便饭即可么?赶快准备!"

这个下人刚走，又有传话上来说："本地林知县来拜。"

刘南垣皱了皱眉，说声"有请!"转脸对李灏说："怕是过来给你请安的，就一起去见他罢。"随即拉了李灏到客厅。

林知县不免有一番参见的礼节，此时只苦了李灏，三四个时辰饿下来已是头晕脚软，一心想的只是吃东西，这知县迟不来、早不来，又不得不去应付。

这样又挨过半个时辰。

刘南垣对林知县使了个眼色："父母官过来想必也未用饭，不如在此一起吃顿便饭吧?"

林知县客气地说："有扰老大人。"

刘南垣摆摆手说："家居便饭说什么扰不扰的。"

这次饭菜上来得快，到饭菜上桌，李灏一看，开口不得。原来三人面前仅各一碗米饭，当中一大碗青菜豆腐汤，外加两碟咸菜而已。

刘南垣举起筷箸，对李灏、林知县两人说："此是老夫日常饮食，虽然粗淡，但比之这里寻常百姓，已经天上地下了，你们别嫌弃，将就吃些吧。"

李灏此时已经饿极，顾不得许多，只是连声说："很好! 很好!"端起饭碗飞快扒了一碗下肚。

刘南垣看见，又吩咐底下再给添饭，李灏果真又吃了一碗。

刘南垣看着李灏，笑问道："滋味如何?"

李灏尴尬笑道："饥不择食，今天才有体验。"

用过了饭，三人又谈了会儿话，看看天色已晚，李灏提出告辞。

刘南垣说："你公事在身，我也不敢多留。"说着从袖中拿出一页纸头，递给李灏，"听说这次南来，沿途很多州县因为饮食招待不周，被你斥责。林知县很担心，特来讨教宴席菜单，我已经写了一个，费银不过百两，请过一目，不知你可以将就么?"

李灏满面通红,推开老师递过来的菜单,下座朝刘南垣躬身深深一揖,很诚恳地说:"刚才一番饿饭,让学生领会了老师的苦心,从此以后,一定把'简朴'两字放在心上。老师也不必再唱下出戏了,不然越发让学生不安。"

刘南垣大笑道:"我就知道你是个聪明人呀!"

说着,他拉起李灏重新坐下,语重心长地说,"人有所好,家居饮食讲究些也无可厚非。只是做官的人不同,不说讲究什么,只要有一点小小的喜好,底下为讨你的好,便大肆铺排张扬,这样却不知要浪费公家多少的银两,何况天下还有穷苦百姓连饭都吃不饱呢!"

李灏红着脸说:"老师的教诲,学生已铭记于心!"

刘南垣点了点头,拿起桌上那张菜单:"你不看了?那我就撕了它吧!"

正要撕,不料李灏却一下抢了过去,说:"留它给学生作个纪念,好时时有所警惕!"立即揣袖中藏起。

刘南垣一张菜单告诫学生,以后传为了佳话。

（徐自谷）

（题图:黄全昌）

哑巴告状

　　有一个哑巴姓黄，他无父无母，孤身一人，由于家里无田无地，为了填饱肚子，只好到财主家里打长工。岂知这位财主心狠手辣，刁奸狡诈，凡是脏活、重活全都交给黄哑巴一人去做。可即使这样，黄哑巴有时还吃不饱，一不顺眼，还挨财主一顿打骂。

　　好容易一年熬过去了，到了大年三十，黄哑巴找财主讨要一年的工钱。财主把三角眼一拧，不但不给，反而叫人将黄哑巴毒打一顿。可怜黄哑巴既不能说又不能辩，只好卷起破草席，忍气吞声地回家。

　　黄哑巴两手空空地来到家门口，坐在地上放声大哭。邻居们不知道发生了什么事，忙赶过来安慰一番，邻居张大伯还将黄哑巴拉到自己家中，一块儿吃年夜饭。

春节过后，黄哑巴一口气咽不下，决心要到县衙状告财主。按照当时的规定，告状必须先写诉状，官府无诉状不予受理，可黄哑巴目不识丁，写不了诉状；求别人写吧，自己有口难开，满肚子苦水倒不出，谁又能听懂自己的话呢？

不过，这黄哑巴虽然不能说话，却十分机灵。他在大路旁边搭起一个茶棚，每天一大早就摆好茶桌，同时也将纸笔墨砚摆放在茶桌之上，看到先生模样的人，就请进茶棚，安排座位，斟茶，然后用手指指纸笔，再指指自己，打手势表明自己有冤屈。许多先生见此，知道哑巴受了委屈，但又不知他要状告何人，更不知告状的内容，都表示揽不下这份诉状，只好摇摇头，一走了之。

一天上午，有位赶路先生打茶棚门口路过，被黄哑巴一眼瞅见，黄哑巴大步上前，拦住先生，一把揪住先生的衣袖拉进茶棚请吃茶。

待先生坐定，黄哑巴一边给先生提壶冲茶，一边用手比画一阵，嘴里"呜里哇啦"地嘀咕一番，尔后将纸笔墨砚摆在先生面前，双手合掌，不断地向先生打躬作揖。

这位先生明白了，哑巴要他给写诉状。可这诉状怎么下笔呢？他沉思片刻，眼睛一亮，提起笔，蘸饱墨水，写道：告状人是个哑巴，请县太爷派人跟着他，指东家捉西家，自有人说直话。诉状写好后，交给了黄哑巴。

黄哑巴连连作揖拜谢先生，待先生走后，他马上收拾茶具，关上茶棚，朝县城方向跑去。

黄哑巴来到县衙门前，使劲击鼓鸣冤，县太爷闻讯，立即升堂问案。

衙役将黄哑巴带上堂来，县太爷问道："状告何人？"

黄哑巴跪在地上，用手比画比画，然后从怀中取出诉状，呈到县太爷案前。

县太爷一见告状人是个哑巴，不禁双眉紧锁，但低头一看案桌上的状词十分简要,便反复琢磨,越看越觉得写状人有水平,使的法子也行得通。他当下主意已定,立即吩咐衙役跟着黄哑巴出去捉人。

一会儿,一干人来到财主家门前,黄哑巴用手指着大门,嘴里"叽叽喳喳"地叫喊着。衙役一看,便知这家财主就是本案的被告,他们站在财主家门前四处观望,只见西边有一家小店,于是一哄而上,向小店闯来。

这家店主看见衙役闯进店中,慌忙起身想上前套近乎,哪知道两个衙役一言不发,将锁链往店主脖子上一套,拉着就往外走,推推搡搡,将店主带到县衙。

店主被带到大堂之上,大声叫道:"冤枉呀!冤枉!"

县太爷见捉来了人,便升堂问案,一来二去的,店主听明白了是怎么回事,这才松了口气。店主与财主是邻居,平时深知财主的为人,也知道黄哑巴在他家打长工的遭遇,于是就一五一十把经过直言相告。

县太爷审完了案,心里十分高兴,心想:本县未费吹灰之力,就把案子断得清清楚楚,传扬出去,也是个"活包公"呢!想到这里,他得意洋洋地从签筒里抽出竹签,喝令衙役执签前去捉拿财主,为黄哑巴伸冤……

（杨天元）

（**题图**:俞耀庭）

克隆丈夫

村里有个女人，丈夫因偷牛被人家揪去见官，下了大牢，剩下孤儿寡母，日子过得很艰难。

有一天，女人向村里的秀才借银子。

那秀才早就打上女人的主意了，只是苦于找不到机会，这下好了，秀才一口就答应借银子，但有一个条件，得让他做一天女人的丈夫。

女人知道秀才不怀好意，可还是答应了。

秀才心中一喜，挤眉弄眼地对女人说："我可是有言在先。我这个丈夫要做得跟真的一样，倘若有一点不像，这银子我要收回来的。"

女人爽快地说："行啊。"

　　女人拿了银子回到家里,对儿子如此这般交代了一番。

　　正说着话,秀才就到了。

　　女人笑吟吟地迎上去行礼,口称:"官人,你回来了!"

　　儿子也跟着喊:"爹爹回来了!"

　　秀才美美地应着,心里乐开了花。

　　接着,女人杀鸡买酒,款待秀才,三个人欢欢喜喜地开始吃饭。女人左一句"官人",右一句"孩子他爹";孩子一口一个"爹爹",叫得跟真的一模一样,把秀才的骨头都叫酥了。

　　好不容易等到天黑,女人抱了一堆衣裳出来缝补,秀才心痒难耐,坐立不住,只是有孩子在旁,不敢放肆。

　　正当他想入非非时,女人喊道:"孩子他爹,你忘了挑水么?"

　　秀才一愣:"挑水? 明日再挑罢。"

　　女人嗔怪说:"哎呀,你以前不是晚上把水挑好的嘛!"

　　秀才怕得罪了女人干不成好事,没办法,只好摇摇晃晃站起来去挑水。

　　好不容易把两个大水缸挑满,出了一身大汗,秀才刚坐下还没喘过气来,女人又喊:"孩子他爹,明日没有柴火了。"

　　秀才喘着气说:"明日……明日再说罢!"

　　"哎呀,你以前不是天天晚上把柴火劈好的吗?"

　　秀才一听,心想:这家的男人怎么老在晚上干活呀? 没办法,只好又劈了几担柴火,两只手都起了血泡。

　　完了,秀才想:这下该进房睡觉了吧? 见女人还没有这意思,便使劲咳了一下,色迷迷地盯着女人道:"娘子,夜已深了,进房歇息罢!"

　　女人笑道:"急什么,鸡还没叫头遍哩!"

　　秀才一想:原来他们要鸡叫头遍才上床。这样也好,免得有人串门,坏了好事。

　　眼巴巴地等到鸡叫了头遍,只见女人打了个呵欠,进里屋拿了一条布袋和一捆绳索出来。

秀才惊道:"你拿这些东西做什么?"

"给你装东西呀!"女人奇怪地说,"孩子他爹,你以前不是半夜出去偷东西,天亮才回来睡觉的嘛……"

女人话音未落,秀才已跑得无影无踪了!

(宾　炜)

(**题图**:李　加)

老婆换老婆

　　这天，罗老汉接到儿子永利一封信，信上说他媳妇香叶生了个大胖小子。罗老汉喜得眉开眼笑，立即打发老伴带上几只鸡，进城伺候儿媳妇"坐月子"。

　　罗婶说："把你一个人搁家里，我还真不放心哩。"

　　罗老汉说："你只管走你的，我又不是三岁小孩子，一个月咋都好对付。"

　　罗婶这才走了。

　　月子伺候满了，孙子也长得白白胖胖，罗婶便动了回家的念头。

　　香叶见状，把永利拉到一旁，悄声说："眼下咱这里事儿还不少，再说我带孩子也没经验，能不能让妈别走？帮咱把儿子带到一周岁,那时就能送托儿所了。"

永利一听这话有理,就问妈行不行,罗婶二话没说就应承下来。

转眼一年过去了,罗婶还没回家,罗老汉有些心急,于是亲自进城接老伴儿。

香叶看出公爹此行的目的,便私下里对永利说:"咱儿子太小,送托儿所我还真不放心,雇个保姆吧,又要花不少钱。要不你去和妈说说,让她再留一段时间,等孩子能上幼儿园再回去不好吗?"

永利把这个想法告诉妈,罗婶说:"我倒没啥,不过要和你爹商量商量才是。"

罗老汉一听,来气了:"永利小子太不懂事,拿他老娘当保姆是不是? 还有那香叶,成天一副娇小姐派头,脏活、累活一点儿不沾手,全推给你一个人干。"

罗婶忙说:"看你说的啥话,城里姑娘可不都这样? 再说人家有工作,能挣钱,哪能和我一个乡下老婆子比? 我说他爹,要不你就一个人先回去。咱老的受点屈没啥,可别让小的亏着,你想想看,我留下还不是为了你罗家的大孙子吗?"

罗老汉没招儿,只好独自走了。

又过了一年多,罗老汉见老伴还不回家,就给儿子写去一封信,信上说过几天是他生日,要罗婶务必赶回家给他祝寿。

香叶看过信问永利:"爹多大岁数?"

永利说:"今年五十七。"

香叶说:"你去求求妈,让她别急着走,等爹六十大寿时,咱全家老少一起回去,热热闹闹给爹祝寿。"

永利想想说:"对,那时儿子该上学前班了,家里也就没啥麻烦事儿啦。不过,爹已经来信把话说明了,我们不能不听啊?"

香叶说:"嗨! 活人还能让尿憋死嘛,咱想个办法就是了。"

把信发出去后,罗老汉每天到村口汽车站去接老伴儿,这天总算把人接到了,可来的却不是老伴儿,而是儿媳妇香叶。

香叶一下车就冲罗老汉举起一个大蛋糕,说:"爹,我来给您老人家祝寿。"

罗老汉问:"娃他奶咋没回来?"

香叶说:"我妈她舍不下孙子,永利就让我来了。"

罗老汉招待香叶吃过饭,说:"你在家歇着,我下地摘个西瓜给你吃。"

出去一袋烟工夫,只见他拄着根棍子,一瘸一拐回来了,嘴里还"哎哟、哎哟"地叫个不停。香叶忙问咋回事儿,罗老汉说不小心把脚崴了,疼得钻心,香叶赶紧把他扶到炕上。

香叶本来打算当天返回去的,现在见公爹受伤,身边又没人伺候,就不好意思走了。可一连过了几天,罗老汉那脚伤丝毫不见好转,稍微动一点儿就疼得龇牙咧嘴地叫唤。

这天永利打来电话,问香叶咋老不回家,香叶带着哭腔说:"你爹的脚伤了,生活不能自理,我哪里走得开?永利呀,你看这事儿可咋办哟!"

第二天,罗婶便从城里返回来了。一见到婆婆,香叶像盼到了救星,忙收拾收拾告辞回家。

香叶刚出门,罗老汉"扑通"从炕上跳下来,罗婶一惊,忙问:"你那脚伤……"

"压根儿就没伤着。"罗老汉嘻嘻笑道,"我不使点儿招术,永利这小子能放你回来?嘿嘿,他若不把我老婆放回来,他老婆也甭想走!"

（吴　港）

（**题图**:张恩卫）

斗 烧 鸡

　　黄河边上有个黄杨镇,镇上的"郭家烧鸡",名扬黄河两岸。烧鸡的做法是祖传的,历来传男不传女,传兄不传弟,因此传了几百年,一直是独此一家,别无分店,响当当的招牌。

　　然而传到黄虎、蓝虎兄弟俩这一代,郭家烧鸡变成了两家:黄虎在路南,蓝虎在路北。兄弟俩各在自家门前设摊,唱起了对台戏。

　　为啥呢? 原因倒不在于黄虎、蓝虎兄弟俩是双胞胎,又是剖腹产,没大没小,因而兄弟俩都受了祖传秘诀;也不是兄弟俩合不来,实际上兄弟俩心意相通,感情厚着呢。原因是两家的媳妇合不来,整日吵得鸡飞狗跳的,兄弟俩只好分开单干。

　　然而分开后妯娌俩旧仇未解,新怨又生,成了生意上的竞争对手。为此妯娌俩经常眉来眼去，只不过是一个横眉来，一个白眼去。

有人说过一个笑话：有回有辆东风大卡车打这儿路过，就听"咣"一下，撞上了什么东西。司机下来看看，车前、车后没什么东西呀？上去又开，还是过不去。仔细一看，原来是路两旁卖烧鸡的对上眼了，目光就像两道杠子横在路上。司机没法，只好请她俩高抬贵眼，方才得过。

且说这一天，正好不逢集，生意不多，黄虎、蓝虎都下乡买鸡去了，妯娌俩守着自己的摊子没事，又瞪起眼来。这时，来了个小伙子，西装革履的，骑着辆崭新的"铃木"，一路询问郭家烧鸡在哪儿。

见来了生意，妯娌俩便都站起来热情招呼。

小伙子犹豫了一下，走向黄嫂，说是明儿自己结婚，要一百只烧鸡，婚宴上用。

黄嫂一听是大户，砍价也爽快了，很快砍到二十一块钱一只，小伙子还非要去掉零头。黄嫂一想，二十块一只我还赚五百呢。

正欲拍板成交，蓝嫂在那边吆喝上了："卖烧鸡卖烧鸡，正宗郭家烧鸡，十八块一只，快来买啦！"

小伙子一听，道："大姐，不是我不仗义，我这一辈子大概就结这一回婚了，所以花钱多少我不太在意，关键是要买到正宗的郭家烧鸡，吃着放心，而且也能在亲戚朋友面前争点面子，你们两家谁是……"

黄嫂用目光向蓝嫂扫射了一梭子，回头赔笑道："兄弟你想想，如果她是正宗，我不是正宗，她能让我在这儿打郭家烧鸡的牌子吗？再说了，我是坐山虎，不是过山虎，今儿在这儿，明儿还在这儿，明年、后年还得在这儿，如果卖病鸡，那不是砸我自家的饭碗吗？这背后就是我家，你跟我到家看看我们栏里的鸡……"

小伙子连忙拦住："那就不必了,大姐,我一看大姐就是个正经生意人。老实说,我大老远地跑这儿买鸡,就是慕名而来的。那么这价钱?"

黄嫂一挥手："十八就十八,大姐我今儿不赚你的钱了,兄弟你给我传传名就得——"

"嗨! 正宗郭家烧鸡,个大味美,十七块钱一只啦!"一句话没完,蓝嫂又降价了。

黄嫂的火儿"腾"地蹿上来,立时就想开骂。这时,忽然看到一个陌生人偷偷摸摸从蓝嫂背后进了她家。黄嫂眼珠一转,冷笑一声,当下提高声音道："兄弟今儿算来着了! 实话对你说,我这鸡十五块钱的本钱,既然干上了,大姐我一分钱不赚,赔上火钱搭工夫,十五块卖给你了!"

没等小伙插言,蓝嫂又喊开了："十四块啦!"

黄嫂这回倒沉住了气："十三块。"

"十二块啦!"

"十一块!"

"十块!"蓝嫂不假思索地喊道。

黄嫂本想到此为止,顺水推舟把小伙子推给他,让她赔本加被盗,自己出口恶气。谁知眼角一瞟,陌生人正慌忙从蓝嫂院里出来,被门槛绊了一下,一个趔趄,直冲到蓝嫂摊边,"啪"一个黑皮夹子掉在蓝嫂脚下。

黄嫂知道那是蓝嫂装周转资金的,少说也有万把块。黄嫂心中骂道："这个笨贼!"

眼见好戏不成,黄嫂急中生智,赶紧喊了一句："人争一口气,佛争一炷香,大姐我不要钱了,白送给你!"

蓝嫂拍手大笑："哈哈哈,你白送吧,老娘不奉陪了,我又涨到二十块钱一只了。"说着捡起皮夹子,漫不经心地拍拍泥,满面得意地递给了陌生人。

那人接过赶紧跑了。

黄嫂眼见那人跑远，心里那个痛快呀，一拍大腿："大姐今儿高兴，说白送就白送，还得给你挑大的。"她心中虽然有些心痛，但自己安慰自己："痛快痛快，没有痛哪有快呀，就算我花一千五挤垮对手吧。"

不料小伙道："那哪成，我这人最讲仁义，不能让您赔这么多，还按二十块一只吧。"

黄嫂正因为一口唾沫吐成钉，在那儿心疼呢，不料碰上个仁义君子，乐得屁颠屁颠的，于是给小伙子挑了一百只上好的烧鸡，收了钱后就送他走了，直到看不见小伙子的身影了，黄嫂才回过头来，向蓝嫂打了个榧子。

蓝嫂撇撇嘴，冷笑一声。黄嫂见她不服气，忍不住自言自语道："别瞅老娘赚五百不起眼，总比送人个黑皮夹子强啊！"

"黑皮夹子？"蓝嫂一怔，想起来了，发疯似的跑进屋，没一会儿屋里就传出一阵干号。

黄嫂得意地哈哈大笑，笑声传进屋，蓝嫂从屋里蹦出来："嗨！得意什么！回自家屋去看看吧。"

黄嫂一听，预感不妙，赶紧奔进自家屋里，一看，满目狼藉，柜子旁那个藏钱的小箱子，早已经不翼而飞。

黄嫂跌坐在地上，欲哭无泪，几年辛苦换来的钞票，顿时化为乌有。

过了很久，只见蓝嫂慢慢蹭过来。黄嫂气不打一处来，"腾"地蹦起，叉腰吼道："你来干什么，还嫌不够吗！"

蓝嫂苦笑道："嫂子……"

"我不是你嫂子！"

"妹子……"

"我也不是你妹子！"

"……咱俩还是合起来吧，你看因为咱俩不和，让人家钻了多大的空子！当着咱俩的面把两家都偷空了。"

黄嫂本来欲哭无泪，现在忽然泪如泉涌，妯娌俩抱头痛哭，许多年的别扭似乎都随着眼泪流了出来。

"哈哈……"门口有人笑。

妯娌俩抬起泪眼一看，刚才那买鸡的小伙子和偷钱的陌生人，此刻都笑嘻嘻地站在门口。妯娌俩一跃而起，向陌生人直扑过去："还我们钱来！"

黄虎、蓝虎忽然从后面钻出来，拦住道："别，别，你们还得谢谢人家呢，这是咱请来的调解员。"

（张东兴）

（**题图:杨宏富**）

第十三次提审

在预审室里,正进行着第十三次提审。受审的对象是震惊全省的"9·24"案件的主要嫌疑犯,瘦个,长脸,大眼,尖嘴,一副趾高气扬的样子。

半小时过去了,可记录员小马的笔录纸上还是一片空白。

预审员老丁喝了一口茶,动了动干裂的嘴唇,用沙哑的嗓音对案犯说:"如果你配合,还有机会……"

老丁心里十分清楚:"9·24"案件的其他犯罪嫌疑人全都在逃,要想捕获余犯,必须撬开眼前这家伙的钢嘴铁牙,可这家伙一副死猪不怕开水烫的死样,目空一切,根本不把老丁放在眼里。

审着审着,老丁因为话说得多,精神反而有点倦了,倒是这家伙以逸待劳,显得精神抖擞,两人相对,倒使人觉得在受审的是老丁而不是他。

突然,老丁又开了口:"这样吧,我给你讲一件事。那年,一个监房里收了四个人,一个瞎子,一个瘸子,两个健全人,他们都犯了重罪,于是四个人就密谋越狱。他们想了一个又一个办法,但又一一否决。最后,一个人说'打洞',其余人听了都赞同。

"从那天开始,每天放风时他们都会带出一些新土,很长一段时间过去了,洞很快就要打通了。一天放风时,瞎子和瘸子留在了屋内,瘸子忧心忡忡地对瞎子说:'老兄,我们不比他们,你瞎,我瘸,洞打通了,我们真的跑得了吗?'

"'能!'瞎子一笑,那双无神的眼睛里放出了亮亮的光,他凑到瘸子面前一阵嘀咕,说得瘸子眉开眼笑。

"就在那洞暗中竣工的这一天,瞎子背上瘸子去找了管教队长……"

说到这里,老丁故意顿了顿,说:"瞎子和瘸子因举报有功而被减刑,那两个人呢,你想知道结果吗?"

老丁的口里吐出了两个字,他吐得很轻,就像吐出了一口瓜壳:"毙了!"

断而,他又甩出了一句硬邦邦的话:"什么叫同伙?这就是同伙!"

对面那案犯被老丁这话一震,顿时,面如土灰,浑身筛糠一样直抖。稍过片刻,这家伙全招供了。

做完笔录,押回案犯,老丁舒了口气,吩咐助手说:"通知刑警,根据案犯提供的线索,马上抓捕余犯。"

小马佩服地对老丁说:"您真行! 不过,我怎么从来没听说过这件事呢?"

老丁凑到小马耳边轻声说:"这是个故事。"

（张　军）

（题图:黄全昌）

玫瑰之约

　　郭勇是市二医院口腔科的医生,家不在本地,是个单身汉。他自己也不想这么孤孤单单地过日子,可也不愿意别人给他介绍对象,他嫌那样没有情调。最好呀,哪天让他自个儿碰上一个。

　　情人节那天下午,郭勇刚送走一个病人,寻呼机响了,一看,是让给总台回电话。

　　他拨通电话报出密码后,听筒里传来一个温柔的声音:"云小姐留言,请您明天晚上七点钟到滨江公园纪念碑下,如果再不见她,她就要告别您和这个世界。另外,请别忘了带上她最爱的黄玫瑰。"

　　郭勇愣了一下,立即明白了,赶紧说:"小姐,你肯定呼错了,我从来不认识什么云小姐。"

"啊,真的?"寻呼台小姐的声音慌乱了起来,"那怎么办呢,这么重要的事儿!"

郭勇忙说:"别着急,想想到底是什么号码。"

可对方的声音变了调,似乎要哭出来了:"我真的不记得了,万一……要是出了人命……"

郭勇听到她这么着急,赶紧说:"这样吧,明天我就去一趟,给人家当面说清楚不就没事了?"

第二天,郭勇匆匆吃过晚饭就直奔花店,他知道没有黄玫瑰这个标志,是很难找到云小姐的,更别说让她相信自己,可他从没买过花,也不知该买多少。

花店老板很善解人意地说:"买九朵吧,天长地久。"

听了这话,郭勇的脸一红,边掏钱边想,真没想到,第一次买花,竟然要送给不认识的人。

七点差十分,郭勇就到了公园,刚走到纪念碑下,就有一个姑娘跑到他面前,小心翼翼地问:"请问——是郭先生吗?"

"是的,你是——"郭勇打量着她,姑娘二十来岁,人长得挺漂亮,戴着黄色的绒线帽和围巾,看起来倒很像一朵黄玫瑰。

姑娘神情紧张,说话声音很轻:"我是寻呼台的,昨天……"

郭勇笑了:"是你呀! 你也跑来了? 坐下一块儿等吧。"

他俩坐在纪念碑下的长凳上,中间放着那束花,谁也不说话,只管死死盯着被路灯照亮的路面。

半个小时过去了,女主角还没有出现。

就在这时,一个十一二岁的男孩骑着一辆自行车,停在了他们面前,伸手递给郭勇一张纸条,说:"一位小姐让我到这儿,把这个交给拿玫瑰花的先生。"

郭勇立即站了起来,说:"她人呢?"

小男孩气喘吁吁地说:"不知道,我不认识她,只是帮帮忙!"

说完,一溜烟骑走了。

他们俩赶紧打开纸条,只见上面写着:洪灏,对不起,今晚妈妈又发病了,我得照顾她。你还是把花送给你夫人吧,等明天见面再说。

郭勇恍然大悟:"弄了半天,原来这两个人是在搞婚外恋呀,真缺德。"

姑娘说:"可是不管怎么样,我不愿意因为我的过错弄出人命来。"

郭勇忙说:"那我明天还来,你放心好了。"

姑娘开心地笑了。

走出公园时,姑娘问:"为什么那个云不发传呼呢?"

"也许她家没电话,她妈妈病了,不方便出门找公用电话。"郭勇说完,突然把手中的花递给了姑娘,说:"我拿着花不像样,送给你吧。"

姑娘大方地接住了,这时他们才想起来互相认识一下,姑娘自我介绍,她叫丁萱。

第二天,郭勇又去花店买花,花店老板说:"你女朋友很喜欢黄玫瑰呀!"

"是啊。"郭勇随口说着,却想到了丁萱。

可这一天,那个神秘又可恶的云又失约了,这次连个送信的都没有了。

那天郭勇送丁萱回家,一路上,他们聊得很投机。走到丁萱家门口,郭勇又把花送给了丁萱,并且约好了,明天再去等最后一天。

第三天,郭勇觉得自己不是为了什么叫云的人去的,丁萱闯进了郭勇的心,那个云像一缕烟一样消失在空气里。

丁萱说:"也许,她想通了,不再充当第三者了;也许,她真找个地方自杀了;也许呢,她发了一次传呼,两个人换了个暖和一点的地方见面。不管怎么样,根本没有人知道有两个傻瓜在这里等她的'玫瑰之约'!"说完,丁萱和郭勇都笑了起来。

一年后,郭勇和丁萱结婚了。

在婚礼上,郭勇的铁哥们冯医生拍着郭勇的肩膀说:"我老婆是丁萱的同事。"

郭勇以为他喝多了,说:"你小子醉了吧,这事我不是早就知道了?"

冯医生神秘兮兮地说:"你小子才醉了呢,没有我你能抱得美人归? 我老婆知道你不喜欢人家给你介绍对象,就想出了这个点子,她想办法打电话让丁萱接了,然后报了你的寻呼号……知道吗,刚开始那几天,可把我们两个忙坏了,连那个黄玫瑰也是丁萱喜欢的。嘿,没想到还真成了!"

郭勇和丁萱都愣了一下,随即又笑了起来。

郭勇深情地看着丁萱,说:"这样还是很浪漫呀!"

（张　煜）

（**题图**:黄全昌）

拜年

大年初二上午，南金乡的伍乡长叫过司机小易，把一箱箱土特产塞进轿车，准备去县里给陆县长拜年。

一切准备停当，伍乡长正要坐进轿车，一个头发花白、左脚微跛的老汉，手里拎着一只野鸡，走进了乡政府的大门。

他乐呵呵地叫住伍乡长，说："乡长，我给您拜年来了。"

伍乡长回头一看，这不是石家村的石坚强吗？这老头真够烦人的，仗着自己有点腿疾，又是个孤身老人，每年这个时候总要拿着张纸条来乡政府，不是要照顾就是要救济。哼，说得好听，什么"拜年"，还不就是要钱来了！

伍乡长厌恶地朝石老汉瞥了一眼，正想说什么，就见石老汉有些讨好地举起手里的野鸡，对他说："乡长，今天一早套了只野鸡,特地给您送过来。"

伍乡长可没兴趣,摆摆手说:"谢谢啦,我无功不受禄,留着你自己吃吧。"

"我下套子,常能吃上。这东西味道不错,又香又脆,您尝尝鲜吧!"

伍乡长不耐烦了:"我不要,你没事就回吧。"

"有事,有事。"石老汉说着,从口袋里掏出一张皱巴巴的纸来,"乡长,这个……这个,您给批个条吧。"

伍乡长不看也知道这条上写的是什么,他皱皱眉头说:"政府哪能没完没了地年年都照顾你一个人? 去去去,我没空。"伍乡长返身要关车门。

石老汉急了,一把拉住伍乡长:"乡长,求您了。"

司机小易一见这情景,从车窗里探出头来,说:"老头,乡长今天要去县里给陆县长拜年,你还是改天再来吧。"

谁知石老汉一听,笑了:"陆县长? 行呀,我不耽搁乡长给陆县长拜年的时间。陆县长这人没得说,昨天他还给我拜年哩!"

"什么? 他给你拜年?"伍乡长顿时眼睛就瞪大了。

石老汉越发得意了:"那还有假! 陆县长还说了,你们乡干部今后谁不给咱农民办事,他就砸谁的饭碗。他把举报电话都给我了呢!"

"你没撒谎?"

石老汉眨眨眼:"我敢对你乡长撒谎吗?"

伍乡长的脸有点发白,他脑子转得飞快,态度一下子来了个一百八十度大转弯:"老石,对不起,我工作做得很不够,你把条子给我吧。"他边说边就一把抢过石老汉手中的纸条,"沙沙沙"在上面签下了自己的大名。

一个小时以后,伍乡长的轿车开进了县政府大院,可惜的是除了值班留守的以外,大院里一个人影也不见。原来,陆县长趁着春节放假的当儿,领着一干人去县里最偏僻的高山乡调查研究,已经去了有一个星期了。伍乡长只好垂头丧气地让司机小易打道回府。

一路上,他心里直嘀咕:陆县长明明出去一个星期了,怎么可能昨天给石老头子拜年?哼,这个老东西居然敢骗我,分明是做个套子让我钻。

伍乡长心里耿耿于怀。

几天后,他正好有事到石家村去,一看到石老汉,劈头就是一顿臭骂:"你这个老头子,算你有本事,我看你还有下回?"

石老汉"嘿嘿"一笑,悠悠地说:"乡长,我哪敢糊弄您哪。明明大年初一那天,陆县长在电视里说'向全县人民拜年',这不也就是在向我拜年么?我说的话都是陆县长在电视里亲口说的,句句打实哟!"

(张安生)

(题图:魏忠善)

站起来不难

祁天圣是有名的私营企业家，最近他又在城东新区建了座富丽堂皇的大酒店，定于八月十八日开业。这个日子是请高人算过的，高人说绝对是个黄道吉日。

眼看离开业只差三天了，可是在门口迎宾的门童还没找到。祁天圣把人力资源部部长马旺找来痛骂了一顿，说他办事太拖拉，实在不像话。

马旺哭丧着脸辩解说："祈总，报名来应聘这个岗位的只有六个人，我一个一个都认真看过了，不是身高达不到要求，就是看上去面相太凶，有一个人模样倒是过得去，可他站在那里手脚老是不停，我怀疑他有多动症，所以最后一个都没敢留。"

祁天圣是个急性子，说："过去的事我不管，从现在起，你马上给我到马路上去找,一定要在十七日晚上八点钟之前把人找到。否则,你自己去给我站在门口!"

祈总发了话,马旺当然没得说,立刻吩咐手下把别的事停下来,先分头上街去找门童,他自己也带着司机出发,吩咐尽量把车子往人多的马路上开。

一路上,马旺把头探出窗外,像老鹰一样搜寻目标。一个一个路人在他眼前闪过,可他都没有看中,不是嫌年纪大了或是小了,就是嫌个子高了或是矮了。车过南街时,他突然看到一个手里捏着本杂志的年轻人,正在悠悠闲逛。他眼睛一亮:这个小青年不错,年龄、身高都挺符合要求,嘿嘿,说不定他正在找工作呢!于是赶紧叫司机停车。

下车后,马旺兴冲冲上去把情况一说,那年轻人问他:"你知道我什么身份吗?"马旺说:"随便你是什么身份,只要愿意,我立刻为你引见我们总经理。"谁知对方却一声冷笑:"告诉你,我是堂堂商科大学毕业的,难道去给你们酒店守大门?做梦吧你!"年轻人说完,扬长而去。

没办法,只能继续找。

车子开到北街,马旺又锁定了一个目标!这回算他运气好,小伙子刚从职业技术学校毕业,愿意试试。马旺立即把他带回酒店,先是带他在酒店里上上下下参观了一番,然后在门口地上画了个圈,要求他在圈内站着不动,如果能坚持四个小时,就把他留下来。小伙子显得很有信心,可只过去了半个小时,他头上就冒汗了,一个小时之后,他怎么也站不动了,身体摇来晃去的不说,脚也不知不觉移出了圈外。这样怎么能胜任门童工作?马旺只好打发他走。

离规定时限越来越近了,马旺派出去的手下人一个个回话来,都说还没找到合适的人选,马旺真是又气又急,想想自己这个部长职位来得不容易,怎么舍得轻易丢了它?思来想去,他决定去别的酒家挖人。

附近酒家当然不能去,一去会被对方认出来,所以第二天上午,马旺特地乘车去相隔数十站路之外一个叫"客之家"的酒店,扮成食客的样子,在门口跟门童套近乎。聊了半天,马旺刚将话题"引向深入",他的可疑神色就引起了大堂经理的注意。大堂经理悄悄上来,正巧听到几句关键性的话,于是让手下揪住他的衣领一阵猛拳把他打了出来。

马旺细皮嫩肉的,哪里经打?就那么几下,他眼也肿了,鼻子也青了,最后只好自认倒霉去医院。刚走到医院门口,手机响了,他一看号码,是祁天圣打来的。祁天圣在电话里大骂他:"你这个蠢货,怎么能明目张胆去挖人呢?现在人家老总告到我这儿来了,一口咬定是我指使你干的。我替你背黑锅啊!"

马旺心里怨啊:自己再怎么错,你祁总也该先问问我的伤吧?却只会训人,连一句关心的话都没有。他忍不住大吼道:"你别老骂我,我这是被你逼的!我跟了你这么多年,没有功劳也有苦劳,不就是一个门童没找到嘛,犯得着这么大动肝火?哼,要找你自己找,算我无能,我管不了了!"马旺甩出这句话后,把手机一关,就进医院去了。

两个小时后,脸上缠了绷带的马旺回到酒店,他的手下告诉他,门童已经被祁总找来了。马旺不相信,跑到祁天圣的办公室,看到祁天圣正在跟这个找来的人谈话,马旺觉得这人好眼熟,可就是想不起来在哪儿见过。"祁总,这就是你找来的门童?他是……"

祁天圣笑而不语。

那门童非常机灵,一看祁总不便说话的样子,就主动退了出去。

等他一走,祁天圣就对一脸惊讶的马旺说:"我告诉你,他是街上的叫花子。"

"叫花子？祁总,你怎么找了个叫……"

"我怎么不能让叫化子来当这个门童？"祈天圣反问马旺道,"他一天到晚跪在那里向路人行乞,既谦卑又懂礼貌,人家每给一个子儿他都会说声'谢谢'。这不也是我们对门童的要求吗？"

马旺一想:这倒也是呀！

祁天圣又说:"你肯定还想,我怎么这么快就把他找来了。其实很简单,我只对他说了一句话:你现在是跪在地上讨饭吃,我给你一个站着挣钱的地方,你去不去？他激动得马上就从地上跳了起来。只要是人,哪个不愿站着挣钱呢？因此你不用试他,我敢保证,他每天都会恭恭敬敬地站在门口,做好他的那份工作。"

马旺对祁天圣这话可不敢完全相信,他觉得现在断言还为时过早。

话说八月十八日,酒店准时开业,前来祝贺的宾客接连不断,祈天圣找来的这个门童果然毕恭毕敬,对每一个进酒店的宾客都微笑着颔首致意。他在门口老老实实站了一天,到晚上,马旺问他累不累,他说:"我都从地下到天上了,现在是整天都在享受啊,哪里会觉得累呢？"

听他这么一说,马旺在心里对祁天圣佩服得五体投地。他不由感慨地对祁天圣说:"祁总,我服了你了。你能当这么大企业的老总,而我连你手下的一个部长都没当好,这不是运气的问题,完全是能力决定了的。今后,我要更加好好地向你学习哩。"

祁天圣拍了拍他的肩膀,说:"活人不能让尿憋死。解决任何问题,这条路走不通,就马上走另外一条路。硬要说我比你强,也就强在脑筋会转弯这一点点上。"

（吴　为）

（题图:王申生）